生まれる森

島本理生

角川文庫
21035

目次

子供のころは毎日なにかしらの絶望や発見があって、きっと自分は大人になる前に死んでしまうという妙な確信を抱いていたことも今となっては笑い話だけど、放課後の校庭にあふれる光や砂糖の入っていないコーヒーの味、セックスに関する具体的な情報や降り出す直前の雨の気配には、今よりも敏感だった気がする。

サイトウさんに出会ってから深い森に落とされたようになり、流れていく時間も移り変わっていく季節も、たしかに見えているのに感じることができない、なんだかガラスごしにながめている風景のような気がしていた。抜け出したと思ったら、本当は最初から最後まで同じ場所をまわっていたり、どんなに歩いても一向に見えない出口に疲れたり、生きてるってなんだろうなんて最近の会話では冗談以外でめったに口にしないことについて本気で悩んでみたり。

暮らし始めてすぐの部屋はまだ自分の気配が薄くて、明け方にふっと目を覚ますたびに途方に暮れてしまう。

起き上がってベランダに出ると、霧が立ち込めた闇を、街灯の明かりが照らしている。濡れた草木の陰には小さな灰色のカエルがうずくまっている。

生ぬるい空気に、昔よく遊んだ田舎の匂いを感じた。

その中でぼんやりと汗をかきながら熱くて苦いコーヒーを飲んでいると、歩き疲れた森で透き通った湖を見つけたような気持ちになるのだった。

そんなふうにして、なんとかやって来たばかりの夏をやり過ごしている。


あれは大学が休みに入る少し前のことだった。

五分遅れで試験の時間に間に合わず、教室を追い出されたわたしが中庭で缶コーヒーを飲んでいたら、同じ学科の加世ちゃんがやって来た。

夏休みは九月の初めまで京都の実家に帰っているというので、一人暮らしの部

屋はどうするのかと尋ねたら

「そのままにしておくしかないよね。家賃はもったいないけど」

「それならわたしに貸してよ」

冗談半分で頼んだら、意外にもいらない洋服をくれるような調子で

「いいよ、今週の金曜日からでいい？」

あっという間に交渉が進んでしまったので、こちらのほうがあわててストップをかけた。

両親に一応は相談したら、なにかと面倒なことが起こるとマズイからと、父は少し反対した。それでもしばらく一人になりたいのだと最後は強引に押し切るようにして説得した。後ろめたいところがあるせいか、父は渋々だが了解した。

当分の荷物をまとめながら、本で読んだ「説得というのは話す人間の信憑性と魅力と勢力、この三つが鍵となります」という一文を思い出した。おそらく今のわたしに最初の二つは当てはまらない。勢いだけでなんとかなったのは運が良いことだった。

加世ちゃんのアパートは、小田急線の経堂駅から歩いて十五分の場所にある。経堂は小ぎれいなのにどこか懐かしい感じのする町だ。駅前の商店街を抜けて、ファックスで送ってもらった地図を見ながら歩いた。

見られて困るものは持って帰るから好きにしていいと笑っていただけあって、プライバシーを感じさせるようなものは、ほとんど部屋の中には残っていなかった。

一つだけある窓にはベランダがついていて、そこから小学校の校庭とお墓が見えた。

とりあえずお湯を沸かして持参したカップでコーヒーを飲んだ。わたしの淹れるコーヒーの六割はミルクで出来ている。

飲み終わってからラジオをつけてお昼の交通情報を聞き流しつつ、洗面所のコップに自分の古い歯ブラシを差したら、ようやく実感が湧いてきたのだった。

泣かないと決めたのに、ベッドの中で深夜放送を見ていたら不覚にもまぶたが熱くなってきて、気を抜いた後には果てしなく涙があふれ出した。これは気がすむまで泣こうと思って腹筋に力を入れたら、今度はちっとも流れなくなった。結局、不完全燃焼のままに目が冴えてしまい、起き上がってTシャツの上にパーカを羽織った。

サンダルを履いて夜の中へ出る。首筋をひんやりした風が撫でた。今年の夏はなかなか気温が上がらない。

街灯に照らされたお墓では羽虫が飛びまわっていた。狭い敷地内に並んだ墓石が、止んだばかりの雨に濡れて光っている。

地面は少しぬかるんでいて、散りかけた雛菊や、お供えのひからびた白米からはかすかに酸っぱい臭いがした。

サンダルが汚れないように気をつけながら、しばらくお墓の中をうろうろした。幽霊でもいたらこの鬱屈した気分を語ることができるかもしれないと期待したが、むこうは多分わたしになんの用事もないのだろう、耳がちゃんと機能しているのか心配になるくらいになんの物音もしない。

それでも数日前にテレビドラマで見た「四谷怪談」の話を思い出したら急に怖くなって、墓場から出た。

小学校の真っ黒な窓ガラスを見上げて、子供のときに女子トイレから女の子のすすり泣きを聞いたと言い張ったときの友達はどんな気持ちだったのだろうと、ふと考えた。嘘をついていると自覚しながら、みんなに注目されたかったのだろうか。それとも本当にそんな声を聞いた気がしたのだろうか。

ムキになって主張した友達もムキになって否定したわたしも、結局は同じぐらい子供だったことを思い出していた。


高校三年生の冬だった。大学受験が終わってすぐのころで、桜のつぼみはまだひっそりと固く、路上には踏み荒らされた積雪が残っていた。

子供ができた、と話したときの両親の顔はよく覚えている。念願のマイホームが目の前で土砂崩れにあったみたいな表情だった。それでも最初は二人とも、こちらが危惧していたよりは落ち着いていた。だけど、相手がだれだか分からない、と続けた瞬間にものすごい沈黙が訪れた。

さすがにおそろしくなって視線を落としていたら、やっと口を開いた父が
「まったく心当たりはないのか」

と尋ねた。

心当たりがありすぎて絞れない、と答えたら、逆上した父がハサミをつかみ、わたしの髪をむちゃくちゃに切って、野球部の少年みたいな長さにしてしまった。

これでもう悪い虫がつかない、と口にしたときの父は自分でもなにを言ってるのかよく分からない様子だった。

母がわたしたちの間に止めに入って
「いまさら責めても、どうしようもないじゃない。本人がだれよりも一番分かってるわよ」

と言ってくれなければ、父は完全に我を忘れていただろう。

そのときの、わたしの背中に触れた母の手の動きが一瞬だけぎこちなかったことや、汗ばんだ額に張り付いた父の薄い髪を思い出すと、その後に病院で書いた

問診表がかなり曖昧（あいまい）だったことや、カーテンごしに響く無機質な金属音やなにかはすべて、ずっと遠い昔のことのように思われるのだった。

なにもかも終わった後ではたと冷静になった父の表情には、罪悪感に苛（さいな）まれたような、それでもやはりわたしが悪いと責めているような、そんな気持ちの揺れが映し出されていた。

家族でテレビを見ていても、くだらない話に笑っても、その気配はずっとアイスティーの底で溶け残ったガムシロップのように沈んでいた。

夏休みになったら顔を合わせる時間が増えてしまうと頭を悩ませていたところに、加世ちゃんのアパート話が舞い込んできたのだった。

その騒動に関してはだれにも話すまいと思っていたけれど、たった一人、キクちゃんにだけは打ち明けた。

キクちゃんは高校のときの同級生だった。もともと彼女とわたしはそこまで親密な話をする仲ではなかったが、ほかの女友達には猛烈に非難されるのが目に見えていたので、とてもじゃないけれど打ち明けられなかった。

夏休みにキャバクラで年齢をごまかして働いていたことがバレて停学になったキクちゃんはその手の噂の女王だった。ふざけた男子からキャバ嬢というあだ名で呼ばれると平然と笑顔で振り返り、そんな噂を楽しんでいるようにすら見えた。

受験の後もしばらく休んでいたわたしがひさしぶりに登校すると、誰もいない教室で、キクちゃんがＭＤウォークマンを聴いていた。彼女はこちらを振り返ると、もともと大きな目をさらに大きく見開いて
「ずいぶん潔い姿になっちゃったねえ」

と言った。彼女が外したヘッドホンからは、ヴェルヴェット・アンダーグラウンドの曲が流れてきた。

わたしがなにか言おうとして口を開きかけたとき、他の男の子が教室に入ってきた。

とっさに黙り込むと、キクちゃんは軽く微笑んで、またあとでね、と言った。

お昼休みに空き教室でカレーパンを食べながらわたしの話を聞いたキクちゃん

は、うう む、と小さな声でうなった。

「本当にだれの子供か分からなかったの？」

小さく頷くと、彼女はあきれたように笑った。

「私の気のせいかもしれないけど、野田さんってどっちかと言えば、そういうトラブルとは無関係なタイプだと思ってたよ」

「自分でもそうだと思ってた」

ダメじゃん、とキクちゃんは笑いながら唇の端についたカレーパンの食べカスを親指でぬぐった。

「短い髪はそんなに悪くないよ。思春期前の男の子みたい」

からかうように言われ、わたしは黙ったまま温かい缶の紅茶を飲み干した。曇った窓ガラスごしに、厚い雲におおわれた冬の終わりの空が見えた。校庭でジャージ姿の下級生たちがサッカーボールを相手に走りまわっている。

「けど、やっぱり好きじゃない人と寝ちゃだめだな」

彼女の言葉に、わたしは曖昧に頷いた。子供の父親のことで一つだけはっきりと分かっていることがある。

それは、サイトウさんの可能性だけはなかった、ということだった。


そんなキクちゃんから電話がかかってきたのは七月の終わりだった。

彼女は高校卒業後、美容専門学校に進学していた。何ヵ月かぶりのあいさつの後で唐突に、キャンプに行かないかという誘いを受けた。

困惑するわたしに、一等賞のヨーロッパ旅行を狙って応募したコーラの懸賞でなぜか二等賞のキャンプ道具一式が当たってしまったのだと彼女は説明した。

「キクちゃん、アウトドアなんて興味がないと思ってたよ」

わたしがそう言うと
「興味ないよ。けど、使わなきゃもったいないでしょ」

あっさりと返されたので
「売り飛ばしちゃえばいいいんじゃないの？」

と納得がいかずに聞き返したところ、彼女の家族がすでに乗り気なのだという。

「私の家族って男ばっかりでつまんないんだよね。だからって、自分が当てたものので家族だけが楽しむのもなんだか癪にさわるし。おまけにキャバクラで働いていたことが知られてから、私だけみんなと気まずい」

そりゃあそうだろうと心の中で呟きながら、どうせバイト以外に予定は入っていなかったので、行くと答えて詳しい日程を確認した後で電話を切った。

その夜にバイト先のマンガ喫茶で、店長に次の週末は休みにしてほしいと頼むと
「学生の連続欠勤で、俺はもう疲れたよ」

そう言ってため息をついたが、ほとんどの仕事を古株のアルバイトにまかせている彼はこの店で働くだれよりも働いていない。

「旅行でも行くの？」

店長、と油性ペンで大きく書かれた名札を黒いエプロンの胸につけた店長は訊いた。

「キャンプです」

遠慮がちに答えたら、彼は、キャンプ、と復唱した。

「野田さん、俺は子供のころに悪いことをすると夕食抜きで家からしめ出されて、仕方なく真冬に庭でテントを張って寝たことがあったよ」

店のドアが開いて、わたしは来店したお客に伝票を渡しながら、横目で店長を見た。

彼の近眼はひどく、本当にレンズが牛乳ビンの底ぐらい厚い黒縁メガネをかけているので目の表情はほとんど読めないが、おそらく笑っているのだろう。

お客がいなくなってから、わたしは言った。

「それってちょっと虐待じゃないでしょうか」

「最近の子はすぐに体罰だとか虐待だとか言いますけどね、俺たちのときには悪いことしたら夕食抜き、竹ボウキで二十回叩(たた)かれる、これが当然だったよ」

相槌(あいづち)を打ちながら、その冗談みたいなメガネと姿勢の悪い背中を見て、この人ならたしかに竹ボウキで叩かれそうだと納得するのは偏見だろうかと考えていた。

店長はレジの中の金額を確認すると、エプロンを脱いで

「野田さん、虫よけスプレーだけは忘れちゃだめだよ」

昨晩も眠っている間に三回も刺されたと、見せなくていいのに赤くなった腕を突き出した。目の前で蚊が飛んでいるマネをして、片手をひらひらと動かす動作がうっとうしいことこの上ない。

「プロレス始まっちゃいますよ」

はやく帰るように促したら、あわてて黒いリュックをつかんだ彼は、片付けておくようにと言い残して、エプロンをレジに置き去りにしていった。

わたしは仕方なくエプロンをつかんでロッカールームへ向かった。

掃除を終えて次のバイトの子に仕事を引き継ぎ、帰ってくる途中で本屋に立ち寄った。

文庫の棚をながめてから雑誌のほうへ移動すると、子供が表紙の育児雑誌が並んでいた。

自業自得だし、医者からどうするのかと聞かれたときにも即答したというのに、いったん深いところまで落ちてしまった気持ちは一向に浮かび上がってこないまま今に至っている。

結局、ハインラインの『夏への扉』を買って本屋を出た。歩いていると、すぐにTシャツの背中に汗がにじんだ。今朝はずいぶんと暑い。小学校の前を通ったらプールで遊ぶ子供たちの歓声が聞こえてきた。

アパートに帰ってから、塩味の鶏粥(とりがゆ)を作って、さらに汗だくになりながら食べた。徹夜明けは少し胃が重たく、刻んだネギの香ばしい匂いがありがたい。

食べ終わった後、床に寝転がって扇風機に額を近づけながら、ぼんやりと朝のワイドショーを見た。世の中は今日も変わらずさほど重要じゃない話題と、いつもの不幸で満ちている。

すぐに退屈して、紙袋から出した『夏への扉』を読み始めた。初めて読んだのは中学生のときで、そのときに抱いた感想よりも、図書室から見えていた校庭や眩(まぶ)しかった空のことが思い起こされた。

次第に煮詰まっていくお粥のような眠気が訪れて、わたしはベッドによじのぼった。

枕にはまだ加世ちゃんの香水の匂いが残っている。不思議な気持ちになりながら目を閉じた。

おそろしい夢を見た。

わたしは子供のころに家族で旅行した、江の島(えのしま)の植物園の前に立っている。そこには両親や高校時代の同級生、すでに他界した祖父母もいる。月の明るい夜だった。表情はよく見えるのに、みんなの足元だけが真っ暗に染まっている。

ふと植物園のほうを見ると、門は開かれているのに係員がいなかった。背の高い樹木が生い茂って夜の闇をさらに濃くしている。わたしはその中に入っていった。

『ねむの木』という札が付いた大きな樹の下で、わたしはなにかが積み重ねられているのを見つける。

それは数え切れないほどのカエルだった。生きているカエルではなく、解剖された後の腹部を開かれたカエルだった。やわらかい潮風に乗って、腐った魚にも似た生ぬるい血の気配が運ばれてくる。振り返って目をこらすと、徘徊しているみんなの足元を染めていたのはカエルの血だということに気づいた。

そこで我に返ったわたしは、出口にむかって走りだした。スカートのポケットの中ではなぜか大量の小銭が鳴っている。公衆電話を求めて植物園を出た。

助けてほしいという一言のために受話器をつかんで、はたと、だれにかければいいのか分からずにダイヤルを見つめたまま途方に暮れた。その間も気味の悪い死の気配は背後まで迫ってくる。

あきらめて受話器を置いたとき、遠くの空に一筋の流星が見えた。


ひさしぶりに早起きをして家を出たわたしは、アパートの前まで迎えに来てくれたキクちゃん一家の車に、階段の途中から手を振った。

彼女の家は父親一人、兄が一人、弟が一人という、本当に男ばかりの家族だった。

わたしを見たキクちゃんが開口一番に
「だいぶ髪が伸びたね」

と言ったので、苦笑いしてしまった。

荷物を積んでから白いワゴン車に乗り込んで、運転席のお父さんにあいさつをすると、彼は日に焼けた腕で頭を掻きながら
「良かった、ものすごくケバい子が来るんじゃないかと心配してたんだよ」

いきなりそんなことを言ったので、わたしがとまどっていると、キクちゃんが後部座席からお父さんの頭を軽くはたいた。

「初対面なのに失礼なこと言わないでよ」

「おまえに友達がいないのが悪いんだろ。おまえは違うって言ってたけど、類は友を呼ぶって言うし、てっきり水商売のときの仲間かと思ったんだよ」

いきなりそんな会話を聞かされ、いったいどこが家族と気まずいのだと内心思

いつもわたしは相槌を打った。

助手席から振り返ったキクちゃんの弟は中学生で、お父さんに顔がそっくりだった。

どうも、とあまり興味なさそうに会釈した横顔は日に焼けていて、十五歳だというわりには体が大きくて車の中では窮屈そうだった。夏生（なつお）君という名前だとキクちゃんが教えてくれた。くっきりとした目が丸くて鼻が高い、どことなくタイとかフィリピンの少年を連想させるような顔立ちで、鮮やかな青いボーダー柄のTシャツを着ていた。

車が走り始めると、反対側に座っていた男の人から

「うちの父親は急ブレーキが多いから気をつけて」

そう注意されたので、わたしはお礼を言った。銀縁のメガネをかけたその人は丁寧な笑顔を見せた。

「長男の雪生（ゆきお）です」

「野田です。キクちゃんとは高校のときに同じクラスでした」

「キクコが女の子の友達をつれてきたのは初めてだな。いろいろ困った話は聞かされてると思うけど、こりずに仲良くしてやって」

雪生さんはそう言って、前をむいた。すっきりとした輪郭に鼻筋がまっすぐ通った横顔だった。

となりに座っていたキクちゃんが

「お兄ちゃんだけあんまり似てないでしょう」

と笑った。わたしが頷くと、バックミラーを見ながらキクちゃんの父親が

「雪生は一人だけ家内にそっくりなんですよ。残りはみんな俺に似て、暑苦しい顔に生まれちゃったんだけどな」

その言葉にキクちゃんは不服そうな顔で、お酒が入るとかならず菊子は俺たちの良いところだけを取ったって泣くクセに、と耳打ちした。

「野田さんのところは何人家族？」

雪生さんが尋ねた。三人だと答えると

「僕は一度でいいから一人っ子になってみたかったな。キクコと夏生がしょっち

ゆうケンカして、そのたびに仲裁させられて」

「よく言うよ。兄貴は口が上手いから、いつも俺たちをだまして一番おいしいところだけ持っていくクセに」

夏生君が呟いた。低いのによく通る、あまり聞いたことのない独特の響きをふくんだ声だった。

「夏生君ってすごく良い声してるねえ」

思わず感心して言ったら、キクちゃんが含み笑いをした。夏生君は無言のまま、そっぽをむいている。

嬉しいときにはいつも黙り込むのだと雪生さんが言った瞬間、丸めたガムの銀紙が前から飛んできた。

お昼ごろに到着したキャンプ場は、大きな河原の近くにあった。

まわりは瑞々しい青葉が茂る山々に囲まれ、強い日差しとは対照的に空気はひんやりとしていた。川の水を汲むと、底でいくつも小石が光っているのが見えた。

キクちゃんの父親が炭に火をつけようと必死になって扇いでいる。浮き出た筋肉の形がはっきりと見て取れる、頼もしい腕だった。

「キクちゃんのお父さんって、なんの仕事をしてるの？」

残りの四人で緑色のテントを張っているときに彼女に尋ねたら、推理作家だという答えが返ってきた。

「ほんと？」

びっくりして聞き返すと、夏生君があきれたように

「ウソに決まってるじゃないですか。見た目通りのガテン系ですよ」

と言ってから、自分も火を熾したいと父親のところへ走っていった。

車の荷台からテーブルやイスを出すように言われて、キクちゃんと二人で運んでいたら雪生さんがやって来て、昼食の用意を始めた。

「雪生さんが支度するんですか？」

クーラーボックスから牛肉を出している姿を見て尋ねると、彼は笑って頷いた。

「片親の家庭はどうしても一番上がしっかりしちゃうんだよね」

手伝います、と言ったら、彼は感じの良い笑顔で玉ねぎと包丁を差し出した。

ハンゴウで炊いたごはんは底がコゲていて少し固かったけれど、水がきれいだからか、一つ一つの粒が大きくふっくらとしていた。テーブルを囲んで湯気のたつカレーを食べながら、ひさしぶりに大人数で食事をしたな、と思った。

「野田さんは大学生なんだっけ？」

雪生さんに訊かれて頷くと、専攻を聞かれた。

「心理学です」

わたしは水を飲んでから
「雪生さんは今まだ大学生ですか？」

そう尋ねたら、サイダーを飲んでいた夏生君が吹き出した。

「若く見られて良かったな」

「夏生、うるさいよ」

雪生さんは苦笑いして答えた。キクちゃんにおかわりを頼みながら、お父さんが楽しそうに

「これでも一応、今年で三十歳なんだよ」

そう教えられたので、あわてて謝ったら、雪生さんはさらに渋い顔で
「二十七歳だよ」

と訂正した。十代の女の子から見ればどちらも一緒だとキクちゃんに笑われていたが、ふたたび直視した雪生さんの顔はそれでもせいぜい大学院生ぐらいに思えた。

「失礼しました。お仕事はなにをしてるんですか？」

その問いに、キクちゃんがまた口を挟んだ。

「三択で、薬剤師、地方公務員、介護士のどれでしょう」

どれも手堅い職業だなあ、と思いながらしばらく考えて
「ぜんぶ似合いますね」

わたしが答えたら、雪生さんは笑って、区役所勤めの公務員だと教えてくれた。

遠くのほうで魚が釣れたと喜ぶ子供の声が響いていた。

日が暮れるとキャンプ場は濃い闇に浸された。足元すらおぼつかない河原にくっきりと映るのはテントのランプの明かりと、燃えている炎だけだった。たき火のそばでしゃがみ込んで炎を見ていたら、次第に気持ちがゆるんできて、わたしは思わず呟いた。

「たまにはアウトドアも悪くないね」

キクちゃんは頷いて
「赤い光には催淫(さいいん)効果があるんだって」

と抱えたヒザに頭をつけて言った。

しばらくして、わたしは一人でトイレに立った。

公衆トイレは小高い丘の上にあった。トイレから出て手を洗いながら見下ろすと、川沿いに点々と遠くまで浮かび上がったオレンジやグリーンのテントから漏れてくる笑い声がやけに幸福そうだった。

それは暗闇で揺れる炎みたいに鮮明で、それでいて自分とはうまく結びつけることのできない、大きな川を挟んだ向こう側の風景のような距離感だった。

雪生さんがやって来て、丘のふもとをながめていたわたしに、具合でも悪いのかと尋ねた。

「大丈夫、ぼうっとしているだけです」

とわたしは答えた。

「今日はうちの家族の行事に付き合ってくれてありがとう。ひさしぶりにキクコも楽しそうだし」

「仲が良いんですね」

一人っ子の自分に兄弟の感覚は分からなかったが、彼らのような間柄だったらきっと楽しいだろうと思った。

「うん。子供のころはよくケンカもしたけどね」

「キクちゃんには、わたしもいろいろお世話になったんです」

あの子が他人の世話をするとは思えない、と彼は笑った。

「今度は家にも遊びに来るといいよ。男ばっかり出入りしてるから、父さんがいつも嘆いてる」

「雪生さんは一緒に暮らしてるんですか？」

彼は首を横に振り、自分は飯田橋（いいだばし）に部屋を借りて一人で暮らしているのだと答えた。

話しながら丘を下ると、いつの間にかキクちゃんたちはビールを飲んで盛り上がっていた。

「父さん、夏生にはまだ飲ませるなっていつも言ってるのに」

雪生さんが眉（まゆ）を寄せると、夏生君は知らん顔で缶の中身を飲み干した。

「けど雪生、こいつは多分おまえよりも強くなるよ」

「そういう問題じゃないんだけどな」

「お兄ちゃんはそうやってすぐに学校の先生みたいなことを言うから、女の子に嫌がられるんだよ」

キクちゃんはそう言って、二本目のビールの缶に手を伸ばした。川の流れる音に笑い声が乗って、高い夜空まで響いていた。今この瞬間をさっきの丘からながめれば、わたしたちも同じ幸福の一群に見えるのだろう。

「そうだ、野田さんにもらってもらえばいい。野田さん、雪生のこといらないかな？　今ならキャンプ道具もつけるよ」

わたしが困って曖昧(あいまい)に首を振ると、キクちゃんが顔をあげた。

「そういえば付き合ってる人なんていているんだっけ？」

そう訊かれたので、今度ははっきりと首を横に振った。たたみかけるようにキクちゃんのお父さんが言った。

「それじゃあ、もう、ほかに好きな男がいるんだろうね」

そんなものです、とわたしは答えた。とっさにサイトウさんの顔が浮かんだことがくやしくて、ビールの缶に手を伸ばした。

少しほてった体に冷たい液体はすっと落ちていった。軽く泣きたくなって空を仰ぐと、今にも降ってきそうな星空が広がっていた。

サイトウさんについて語るのはちょっと難しい。わたしが客観的に見ていたころの彼と、その後の主観に浸された彼は、双子の兄弟みたいにそっくりな別人に思えるから。

サイトウさんは予備校の先生だった。

彼を初めて見たとき、小学生のころに仲の良かった理科の先生に似ていると思った。それで親近感がわいて何度か話しかけているうちに、ほかの生徒よりも少しだけ親しくなったのだ。

わたしの本や映画の趣味は同年代の友人が好むものとはだいぶズレていたので、彼と話をしているのは楽しかった。年齢差があって相手のほうが年上だと、こちらが子供扱いされてしまうのはどうしても仕方のないことだが、彼はそういうのを抜きにして対等に話をしてくれる数少ない大人だった。

ただ、それはべつにどうにかなりたいという種類の感情じゃなかった。面倒な予備校通いが少し楽しくなる、そんな程度だった。それに、彼には少し年上の奥さんがいた。

そんな彼が離婚したという噂を耳にした。

夏期講習の合宿中、泊まった部屋で女の子の一人がそのことを口にした。

生徒と先生の距離が近い予備校の中では先生のプライベートに関する話題がけっこう筒抜けで、出所は不確かなのに、なぜかどの噂も当たっていることが多かった。

サイトウさんは以前とまったく変わらない顔で皆の前に立ち続けていた。たとえばテスト中にボールペンを握ったり放したりしながら生徒たちを監視しているときでさえ、感傷に浸っているような様子を見せることはなかった。

むしろ前よりも元気そうだと笑う皆の横で、無理をしているだけじゃないかな、と言いかけて、やめた。

代わりに書き込みだらけのテキストを広げて、彼が熱心に解説をしていた問題を目で追った。サイトウさんの手の甲にはホワイトボードに擦れた際のマジックの跡が残っていて、プリントを配るときによく目についた。

その夜は、皆が帰った後に模試の結果が悪かったわたしが一人で残ってサイトウさんに質問をしていた。窓の外は強い風が吹いていて、街路樹の銀杏(いちょう)から葉を振り落としていた。

駅まで一緒に行こうということになり、帰る支度をして彼と予備校を出た。人通りの少ない晩で、わたしは買ったばかりのジャケットを着ていた。

終電近いプラットホームで、二人でベンチに腰掛けて昨晩見たニュースの話かなにかをしていた。自分が乗る電車は彼の電車とは同じホームの反対側だった。

静かなプラットホームを揺り起こす音がして強い光が近づいてくると、今夜の夕飯はなんだろうと考えてから、わたしは、前よりも少し痩(や)せたサイトウさんの横顔を見た。

「ちゃんとごはん食べてますか？」

そう尋ねたら、彼は困ったように笑いながら曖昧に頷(うなず)いた。

「コンビニのお弁当とビタミン剤だけじゃあ、すぐに体を悪くしますよ」

「俺のことなんか心配しなくていいから自分の心配をしなさい」

彼は打ち切るように言って、滑り込んできた電車のほうを見た。

「いつも思ってたけど、本当は無理してませんか？　一人になると急につらくなったりしませんか」

思わずそう言ってしまったら、一瞬、彼は心の底から当惑したようにこちらを見て、君は、と言いかけてから結局なにも言わずに、やっぱり家の近くまで送ると告げた。

乗り込んだ電車内はとても混んでいて、サイトウさんのスーツのボタンがすぐ目の前にあった。茶色くて大きくも小さくもないボタンだった。彼はずっと黙り込んでいたが、いっせいに乗客が押されるようにして大きく揺れたときに足元がふらついたのを支えるように右手でわたしの背中を抱いた。

一瞬、どういう反応をすれば良いのか分からずにうつむいた。結局、駅に到着するまで彼の手はわたしの背中にずっと触れたままだった。

電車を降りた後、改札へ流れていく人の波に逆らってホームに立ち尽くしたわたしを、彼は黙ったまま見つめていた。お互いに途方に暮れているのが分かった。

彼の右肩ごしには、細い月が真っ黒な夜空に浮かんでいた。

その夜は帰宅が二時間ほど遅れて、心配と怒りを抱いて待ちかまえていた母から靴を脱ぐ間もなく叱られたが、なに一つ理由を説明することができなかった。

サイトウさんと一緒にいるようになってから、楽しいこともあったけれど、いつも洗い流せない疲れを心のどこかに感じていた。彼の離婚の理由は奥さんの心変わりで、彼女が出ていく間際に、あなたと一緒にいると疲れる、とサイトウさんに告げたという話を聞いたときにはあんまりだと思ったが、今ではその気持ちが分かる。

それは彼がふとした拍子に見せる攻撃的なものの言い方や神経質な性格だけが原因ではなくて、さらに奥のほうに抱えた強い不安が一番身近な人間の心を容赦なく揺さぶるからだ。そばにいると苦しくてたまらないのに、離れようとすると大事なものを置き去りにしている気持ちになった。

いろんなことを見ないふりして彼のそばにいようとしたら、次第に感情が不安定になって、一睡もできない日が続くようになった。

食欲も落ちて、食べた後でたまに吐くようなこともあり、受験のストレスではないかと心配する両親にはなんでもないと首を横に振ったが、サイトウさんには見破られてしまった。

最後に彼の部屋で会ったとき、わたしは温かい紅茶を飲んでいた。彼はそんなわたしをじっと見つめた後で、最近ちょっと痩せたようだし様子がおかしい、と落ち着いた声でそっと問い詰めた。

わたしは表情を強ばらせて目をそらした。

少し間があってから、ふたたび同じ質問をくり返された。もう仕方がないと覚悟してここしばらくの体調不良について話した。ちょうど彼とわたしが深く付き合い出した時期に重なっていることは明らかだった。

彼はすべて話を聞き終えてから、台所の戸棚から白い錠剤の入った瓶を持ってきてわたしの手に乗せた。とりあえずはこれを飲むようにと告げて。

そして、それを飲み終えたら駅まで送って行くからもうここへ来てはいけないと言った。

「大変な時期に、君を混乱させて本当に悪かった。勉強のほうは最後まで面倒を見るからあきらめずにがんばってほしい」

なんで別れ話をしているときに勉強という言葉が出てくるんだろう、もう馬鹿みたいだと思いながら泣き笑いしてしまった。そんなわたしをなだめながらも彼の意志は変わらなかった。

駅までの暗い道を彼と一緒に歩いた。とても長い時間をかけて、抵抗するような言葉を少しずつ口にしながら。それでも頭の中ではすでに手遅れだと冷静な自分が言っていた。ムダなことだと分かっていながら喋(しゃべ)り続けた。

券売機の前でふたたび泣きそうになったわたしの手をひいて、サイトウさんは定期で改札を通った。それから駅のホームへむかう階段を下りた。すでに電車を待つ乗客は少なかった。

わたしはそっと彼から離れて、もうじき電車が来ることを告げる信号機の鳴っているほうを見た。赤いランプが暗闇の中で点滅していた。

「ここで別れたら、もう会うこともないのでしょうね」

お互いがものすごく近い場所にいたくせに、なぜか強くそう思った。会えばふたたび心が揺り動かされる。離れて落ち着けばもとに戻れるような関係性ではないと感じた。

返事がないことに気付いて振り返ると、サイトウさんは出会ってから初めてわたしを憎むような目をして、どうして、と低い声で呟(つぶや)くと

「どうして君はそういうことを言うんだ」

静かにそう言った。苦しそうな表情がかすかに泣いているように見えたのは、あるいは光の加減でまったくの気のせいだったのかもしれない。

電車の中で一人になってから、暖かい車内と明るい蛍光灯の光に、なにもかもが嘘だったような思いで息を吐いた。

それ以来、サイトウさんには会っていない。

心のどこかで、新しい生活が始まれば彼のことなんてあっと言う間に忘れてしまうだろうとタカを括(くく)っていた。

けれど実際は、未だ、あのころの夢に捕まったまま途方に暮れている。

夕暮れに冷たい素麺（そうめん）と煮物を食べた後、クイズ番組を見ながらぼうっとしていたらインターホンが鳴った。

どちらさまですか、と尋ねながら魚眼レンズをのぞくと
「あの、加世はいませんか？」

同い年ぐらいの男の子がドアの前に立っていた。

「前に住んでいた方だったら、引っ越したみたいですよ」

加世ちゃんに指示されたとおりの台詞（せりふ）を口にしたら、つかの間、彼は驚いたように沈黙してから、あきらかに落胆した様子で帰っていった。

何度も別れたいと言ったのに週末にはかならずやって来てドアごしにやり直したいと懇願するのだという話をしたとき、加世ちゃんの顔には迷惑そうな表情しか浮かんでいなかった。しかも彼は片道一時間かけて電車に揺られてくるのだという。

傍（はた）から見たら馬鹿みたいだけど、きっと彼はまだ混乱の中にいて、彼女の気持ちが消え去ってしまったということが分からないのだろう。

未練の残る足取りでアパートを離れていく彼の姿を窓から見ながら、ちょっとだけ淋しい気持ちになった。

週末のバイト先はいつも終電を逃したお客でにぎわっている。

とくにオレンジ色のプラスチックのメガネをかけた同い年ぐらいの女の子と、体の横幅が広い背広姿の男性は、一ヵ月前に作ったサービススタンプがもうすぐいっぱいになる。女の子のほうはかなり頻繁に来店するものの、普段はなにをしている子なのか分からずにいた。

使用後の灰皿やコップを洗っていたら、店長がとなりに来た。

「野田さん、あのメガネの女の子がなにをしてるのか分かったよ」

わたしが少し興味を示して顔をあげると、店長は得意そうに薄くなった髪を撫でた。

「あの子ね、プロの少女漫画家なんだって。先週も来たときに谷口君が話しかけて聞いたらしいんだよ」

小声でペンネームを聞いたが、わたしは知らない名前だった。サインをもらって彼女の作品の専用棚を作ろうかと提案してきたので
「放っておいてあげましょうよ」

わたしはそう言って濡れたコップを拭いた。店長のメガネはかすかに曇って表情が消えている。

思わず手に握った布巾と彼の顔を見比べていたら、店のドアが開いた。

「いらっしゃいませ」

そう言って顔を上げると、目が合った夏生君は、どうも、と仏頂面で軽く会釈した。

友達と一緒だった彼にわたしは二人分の伝票を打って渡した。キャンプへ行ったときに店のサービス券を渡して、良かったら遊びに来るようにと誘ったのである。

夏生君はジーンズに赤いTシャツという格好だったが、一緒にいる友達の男の子は制服を着ている。二人は店の奥の席へ歩いていった。

わたしがレジに立っていると、しばらくして、野田さん、と店長がいきなり囁(ささや)くように耳打ちした。

「そんなに近づかなくても聞こえますよ。至近距離なんだから」

そう言いながら体を離すと、糸でつながれたみたいに離れた分だけまた近づいてきた。

「ああ、うっとうしい」

「え？」

「いいえ、こっちの話です」

「あの制服の男の子ってさ、知り合いなの？」

制服じゃないほうが知り合いだと答えたら、困るんだよねえ、と大して困ってなそうな表情で彼は言った。

「制服姿で煙草なんか吸ってるんだよ。ああいうのって店の責任になっちゃうからマズイんだよね。だけど最近の高校生ってすぐに逆上するっていうし」

そんなことだから竹ボウキで叩(たた)かれるのである。面倒くさくなって、わたしが注意してくると答えてレジを出た。

　夏生くんの友達はちょうどセブンスターの箱から新しく煙草を取り出したところだった。

　そっと肩を叩いて
「あのさ、煙草は吸っちゃだめだよ」

　そう言ったら案外あっさりと、はい、と頷いてズボンのポケットに押し戻した。よく日に焼けて骨格もしっかりしている。たしかに高校生に見えるな、と心の中で思った。

　夏生君が、マンガ雑誌から顔をあげた。

「おまえさ、かっこつけて人前で吸うなよ」

　そう咎めて眉を寄せた顔がお父さんにそっくりだったので、ついじっと見つめると、彼は戸惑ったように視線をそらしてから
「今度、ねえちゃんが兄貴の車で横浜に遊びに行こうって言ってましたよ」

　そっけない調子で言ったので、わたしは頷いた。ページをめくる夏生君の左腕

には黒いダイバーウォッチがはめられている。

「夏生君はこんな夜遅くに来て平気なの？」

「親父は仕事仲間と飲み会です。街中をうろつくよりは野田さんのところに行けって」

「君は煙草は吸わないだろうね」

思わず保護者みたいな気持ちになって尋ねたら、バンドやってるんで、と小声で呟いた彼の言葉を聞いて、だから声を誉めたときに嬉しそうだったのかと納得した。

レジに戻ると、店長が破れた雑誌の表紙にセロハンテープを貼りながら
「最近の男の子ってけっこう素直なんだねえ」

と、なにごともなかったかのように感想を述べた。わたしはあいかわらず曇ったメガネを見ながら訊いた。

「今日は帰ってプロレス見ないんですか？」

「今夜はなにもやってないんだよね」

わたしはその答えにがっかりしながら、濡れた雑巾とホウキを持ってふたたびレジを出た。

翌日にはキクちゃんから正式に横浜への誘いがあって、雪生さんの休みに合わせた日曜日に三人で出かけた。

晴れた横浜の港は、遠くまで水面が光っていてまぶしかった。キクちゃんは近くの遊園地へ行きたいと主張したが

「僕はあんまりジェットコースターとか得意じゃないから、二人が行きたいなら下で見てるよ」

「じつはわたしも苦手なんです。胃の浮く感じが気持ち悪くて」

その言葉でキクちゃんはすぐにあきらめたようだった。わたしたちは観光名所をいくつか見てまわった後に、中華街へとたどり着いた。

中華料理屋で回転テーブルを囲んで座ると、キクちゃんが手の届く距離にあるギョウザや酢豚をわざとテーブルを回して雪生さんのほうに寄せている。それか

ら彼が箸を伸ばすと何度もしつこく遠ざけたりして、温厚な人柄を試すように遊んでいた。

「キクコ」

「私、お兄ちゃんの怒ってるところが見てみたいんだよね」

真剣な顔で呟いたキクちゃんの手を無言で押さえると、雪生さんはようやく自分のほうにお皿を引き寄せた。

お店を出た後、キクちゃんはお面やチャイナ服を売っている雑貨屋に入っていった。

「僕はちょっと座ってるよ」

雪生さんは店の正面にあった関帝廟の階段に腰掛けて、煙草に火をつけた。吐き出された煙はちりぢりになってすぐに淡い闇に消えた。

気をゆるめると、胸の中に満ちていた充実感はすぐにこぼれ落ちてしまう。せき止めるように階段に座り込んだ。

中華街の喧噪の中で、わたしたちは疲れも手伝って無言になった。色とりどりの光が乱雑に交差し、いたるところで立ちのぼる熱気が湿った夏の夜に溶けていく。

「だいぶ連れまわしちゃったけど、大丈夫だった？」

わたしは頷いた。

「もしも明日（あした）とか予定が入ってるなら、はやめに切り上げようか」

「ありがとうございます。けど、バイト以外は本当に毎日ヒマなので平気です」

「大学の休みは長いからね。授業料の値段と通う日数がちっとも釣り合ってない」

まったくだと同意しながら、わたしは明るい夜空を見ていた。

普段はどんなことをして過ごしているのかと訊かれたので、本を読んでいることが多いと答えた。

「どんな作家が好き？」

「このごろ読んだのは現代作家がほとんどですけど、一番好きなのはテネシー・ウィリアムズです」

『ガラスの動物園』かと言われたので

「それも良いけど、『空色の子供たち』っていう短編が好きでした」

「うちに大学生のときに買った全集があるけど良かったら読む？」

喜んで読んだことのあるタイトルをあげると、雪生さんはそれ以外の作品が入っているものを貸してくれると言った。

まだキクちゃんは買い物中だろうかと店のほうを見たら、彼になにやら質問をされていたのにうっかり聞き流してしまった。

あわてて聞き返したら

「前に好きな人がいるって。その人とは会ったりしないのかと思って」

彼があんまり何気ない調子でそう言ったので、詰め込んでいた気持ちが急に溶け出してきた。

「いいえ、あのときはそう言ったけど、ちょっと違うんです」

「え？」

「本当はもう終わっていて、わたしだけがまだ、どうすれば良いのか分かってないんです」

そんなことを喋っていたらますます流れ出してしまって、みっともないと思って堪えようとしても、視界がにじんで耳の奥まで熱くなっていくのが分かった。

雪生さんは心底あせったようにポケットに手を押し込んだが、なにも持っていないことに気付いて、手に持っていた煙草の火をこちらに近づけた。

わたしが思わず眉をひそめて
「なにをやってるんですか？」

と目をこすりながら尋ねたら、彼は真剣な顔で
「赤い光には催淫効果があるっていうから、気分が落ち着くかと思って」

その一言にあっけに取られていたら、雪生さんは煙草を引っ込めた後、わたしの背中に手を伸ばして、ゆっくりと動かした。ワンピースごしに伝わってくる体温が温かかった。

彼はそのまましばらく背中をさすっていてくれた。

「無神経なことをきいてごめん」

真剣な顔でそう謝るので、わたしは首を横に振った。大きな紙袋を手にキクちゃんが店から出てきて
「なにやってるの？」

と背中をさすっている雪生さんにむかって怪訝そうに尋ねた。

具合が悪くなったのだと答えてから、心配するキクちゃんにもう大丈夫だとわたしは笑って立ち上がった。

彼女は首を傾げながらも、紙袋の中から小さな桜色のものを取り出した。

「かわいかったからたくさん買っちゃった。一個あげる」

ちょうど手のひらにすっぽりとおさまるコブタのぬいぐるみだった。目が黒いビーズでできている。軽く握ると、感触がおもちのように柔らかかった。

「ありがとう」

わたしはすっかりおだやかな気持ちになって言った。目が赤いと指摘するキクちゃんには適当にごまかして
「そろそろ行こうか」

そう告げた雪生さんと一緒に駐車場までの道を歩き始めた。

生ぬるい風に乗って肉まん屋の店先から中国語の歌が流れてきた。


蒸し暑くて眠れない夜が続いた。キクちゃんはたびたび夜中に電話をかけてきてクーラーが壊れたという悲痛な叫び声をあげていた。

そんな彼女に誘われて、渋谷の映画館にオールナイト上映を見に行ったときのことだった。

彼女一人ではどう考えても量の多すぎるキャラメル・ポップコーンを抱えて小動物のようにもぐもぐと口を動かしながら
「だれにも取られる心配がない幸せを噛みしめてるの」

とキクちゃんは兄弟の多い家庭に生まれた性について語った。

ずいぶんと古い映画だった。映画館の前に飾られた白黒のポスターを見て、最近、公開になったばかりの恋愛映画と散々迷った後で

「けど、こっちの映画は金獅子賞を取ってる」

そんなキクちゃんの一言で決まった。一度、レンタルビデオ屋でやはりベネチア国際映画祭の金獅子賞を取った作品を借りて見たらものすごくおもしろかったというだけで、彼女はこの賞に絶大な信頼を寄せているらしい。

もっとも映画はたしかに良かった。『ベニスに死す』を撮った監督の作品で、孤独の中で育った姉弟が近親相姦に陥る話だった。

子供のときに大人の恋をすると、その後も無垢な心には戻れない。

そんな意味の台詞を主人公の弟が発したとき、わたしは口の中でジュースの氷を砕きながら、それでは無垢な心とはいったいなんだろうかと疑問に思いつつも、その一言が妙に胸の奥に残った。

映画が終わってから、わたしたちは散らかった明け方の渋谷を歩いた。

途中のコンビニで、モスコミュールとジンバックの瓶を一本ずつとプロセスチーズを買って、歩きながらチーズをかじるキクちゃんは白い夜明けの光の中でやけに冷たい目をしていた。

彼女が好きな人の話を聞きたいと言ったので、本当はもう終わってる話だけど、と念のために告げてからサイトウさんの話をした。アルコールが入っているからかわたしはいつもよりも饒舌になっていた。

話を最後まで聞き終えた彼女は、左耳に光るガラスのピアスに軽く触った。それから真面目な顔で

「サイトウさんを手放して、後悔してる？」

そう訊いたので、わたしは首を横に振った。

「後悔はしてないよ」

「まだ好きなの？」

わたしが答えずにいたら、今からその予備校へ行ってみようかとふいに言われた。

「いいよ」

懐かしさにアルコールも手伝って、わたしは判断力の鈍った頭で頷いていた。

しばらく電車に揺られて降りた駅前は少し様子が変わっていた。英会話教室や

新しく出来た居酒屋のビルが立ち並び、まだ午前六時を少しすぎたばかりで人通りの少ない駅前を抜けて、以前は毎日のように通った裏道を歩いた。

古い灰色のビルが見えてきたとき、急激に感情の波が押し寄せてきて、泣き出すかと思ったのに実際は体の底から重たいものが込み上げてきた。

「キクちゃん、ちょっとまずい」

わたしはそう言って口を手で押さえた。驚いたキクちゃんに連れられて近くのコンビニでトイレを借りた。それからひとしきり吐いた。

コンビニから出てきたわたしに、キクちゃんは冷たいミネラルウォーターのペットボトルを手渡した。頭の中で弱った脳が揺れている。ミネラルウォーターが空っぽの体に吸い込まれていった。

ようやく息をついたわたしの背中をさすりながら

「重症だね」

キクちゃんがぼそっと呟(つぶや)いた。

途方に暮れて彼女を見ると、キクちゃんの頭上に青く透けていく下弦の月が浮かんでいた。

　小学校三年の春休み、仕事の忙しさから来る不規則な生活が祟って父が胃潰瘍で入院したことがあった。

　母は毎日のように病院へ通うことになり、ちょうど学校が休みだったわたしは祖父母の家にあずけられた。

　わたしの家から一時間ほど電車に揺られたところに祖父母は住んでいた。駅前にちょっと大きなスーパーとバスターミナルがあるだけで、後は畑が広がっているだけの町だった。祖父母の家は大きな木造の一軒家で、広々とした庭ではじゃがいもとか里芋とか、とにかくイモと名の付くものが穫れた。

　わたしは夜遅くまで留守番してもいいから家にいたいと散々抵抗したものの、結局は赤いリュックサックを背負い、ほとんど泣きながら母に手を引かれて祖父母の家にたどり着いた。

　両親が共働きだったので一人で家にいる時間が長かったわたしは、家族というよりは家そのものに執着のある子供だった。犬が自分の居場所に匂いをつけるように、手の届くところに気に入った本や小物があって、慣れ親しんだ空気の染み付いている空間が好きだった。

それはすべて自分だけで作り上げたもので、だから一人でいるときに淋しいという感情はいつもあんまり湧かなかった。むしろ他人の空気が混ざると違和感を覚えて落ち着かない気持ちになった。

そのせいもあったのだろうか、ちょうどそのころは父が一軒家を購入して、ずっと住んでいた町を離れて新しい家に引っ越した直後だった。初めての転校で新しい学校の新学期が近づいてくることにナーバスになっていたわたしは眠れない日々が続いていた。ストレスがたまると真っ先に睡眠に影響する体質は子供のころからだったのだ。

そんなこともあって、新しい家に一人で置いていくのは心配だというのが母の判断だった。

けれど雑音だらけの都会に慣れていたわたしは、静かすぎる夜の中でよけいに目が冴えてしまった。

早々と眠ってしまった祖父母を横目に、わたしは布団を抜け出して玄関へ出た。祖母のサンダルを履いてドアを開けると、鮮明な星空が広がっていた。玄関の明かりに何匹もの羽虫が集まってきたので、わたしはあわてて電気を消した。

なんの音も聞こえなかった。ほとんどの民家は明かりが消え、暗くて広いだけの夜の中にいた。どうしようもなく家に帰りたかった。畑のむこうで電車の走り去っていく光だけが見えていた。

足音がして振り返ると、わたしを探して祖母が階段を下りてくるところだった。風邪をひくから中に入るようにと告げる祖母の言葉にためらっていると、もっと遅くなったらボウソウゾクがうろつき始めるんだから、と言われた。

暴走族というものがよく分からなくてきょとんとしていると、祖母は猫の子みたいにわたしの体を後ろからさっと抱きかかえて家の中に連れ戻した。

それから毎晩のように、こりないわたしは外へ出て景色をながめた。家の中よりも真っ暗な夜のほうが懐かしさを感じさせ、帰り道へと導いてくれるような匂いがした。夜の気配はそんなふうにひっそりと、誰よりも親しい友達みたいに寄り添っていた。

予備校の後に立ち寄ったサイトウさんの部屋で、ベランダから洗濯物を取り込む彼を見ていたとき、なぜか、そのころのことを思い出した。

部屋のテレビでは感動の再会とかなんとかいう番組をやっていて、カップに熱いコーヒーをそそぎながら彼はわたしに、どうして君の好きな英米文学や芸術方面ではなく心理学を学ぼうとするのか、と尋ねた。

「子供のころの不自由だった感覚とか、意味もなく不安だったことを今でもよく思い出します。けど、自分では上手(うま)く言葉で説明できなくて、苦しかった。そういう感覚をただ覚えているだけじゃなくて、なにか役に立てることができたらいいなあ、と思って」

将来はどうするつもりなのかと予備校の先生らしいことを質問してきたので、わたしは答えた。

「スクールカウンセラーとか、そういうのが良いな。教室にいるのはつらいっていう子供がここならなんとか来れるっていう空間を作れたら、もうそれで十分ですね」

そう答えたらサイトウさんはすごく嬉しそうな顔をした。わたしが見たかぎり、あの人があんなに嬉しそうな顔をしたのは後にも先にも一度きりだ。

なんだか自分の子供を見るような目だと思っていると、彼が、自分の両親はあまり良い親ではなかったという話をしてくれた。彼の子供時代の話を聞くのは初めてだった。

眉を寄せて昔の話をするサイトウさんは大人じゃなくて感受性の強すぎる少年のようだった。その顔を見ているうちに、『ブリキの太鼓』という、自分で自分の成長を止めてしまった男の子が主人公の映画のことを考えていた。

話し終えた彼にむかって、そんなに深刻にならないようにと笑いながらテレビを消したとき、背後からおおいかぶさってきた体につかの間、息がとまりそうになった。

使いかけの化粧水、枝毛を切るためのハサミ、現像に出されていない写真のフィルムが積み重なった本棚を見上げながら、わたしはぼうぜんと首筋に彼の冷たい肌を感じていた。

彼の部屋で夫婦生活の残骸(ざんがい)をのぞき見てしまうこと自体は仕方ないと思っていたけれど、片付ける気力のないサイトウさんには希望を見いだせないでいた。抱きしめられた腕の力が強すぎて少しだけ怖かった。

サイトウさんはわたしのことが好きじゃないですね。そう呟(つぶや)いたら、そんなことはないと彼は答えた。

君のことは好きだ、そう告げた後により断定的な口調で、どういう種類の好きかは断言できないけれど君のことはたしかに好きだと落ち着いた声で続けた。

そんな一番肝心なところが断言できないなら触るなよ、と言ってしまいたかった。けれど実際はろくに返事もできないまま床に敷かれたモスグリーンのカーペットを両手でつかんでいた。

それまでは、あきらめが悪かったり不毛な恋愛小説や映画を見ても、自分には関係ないと笑っていた。理解できないのは自分に経験がないからではなく、そんな状態に陥る人間ではないからだと信じていた。

けれどあのとき、わたしは彼の腕の中で身動き一つ取れずに、果てしなく小さくなっていく自分を感じていた。


日曜日の午後にひさしぶりに家へ戻ると、晴れた庭で、父が木材に釘を打ち付けていた。

白いペンキが塗られた廃材は近くの工事現場でゆずってもらったものだろう、父は退屈するとすぐに日曜大工に走るのだ。

「なにを作ってるの？」

玄関にカバンを置いてから庭へまわったわたしは、白いペンキをつけた父の手を見て尋ねた。

「文庫本用の本棚だよ。おまえ、机の上に置けるような小さいやつが欲しいって前に言ってただろう」

それはおそらく一年以上も前の話だったが、父は当たり前のようにカナヅチを打ちながら答えた。

「お父さんの日曜大工も踏み台から始まって、少しずつ進歩してるねえ」

狭い庭では朝顔やシロツメクサがぎっしりと生い茂って好き勝手に揺れている。父の額からはとめどなく汗が流れ落ちていた。

本棚作りは佳境に入っていて、父は仕上げに丁寧にニスを塗ると、軒下の日陰(ひかげ)に出来上がった本棚をそっと置いた。少しいびつではあったけれど、頑丈そうだった。

「そういえばお母さんは？」

同窓会に行ったと父は答えた。

「もらいものの冷や麦があるから、それでも食べるか」

わたしがゆでると申し出て台所へむかった。洗面所で顔を洗う音が聞こえる。

それから父は、汗に濡(ぬ)れた白いシャツから、少しくたびれた感じの紺のラルフローレンのポロシャツに着替えてきた。

すだれのかかった和室のちゃぶ台に冷や麦とナスの漬物を運んで、わたしたちは氷でよく冷えた麺をすすった。部屋は気持ちが良い程度に薄暗かった。

風が吹いて、すだれに遮られた光が隙間からこぼれる。父の体毛の薄い腕や落ちくぼんだまぶたを一瞬だけはっきりと映し出した。

「一人には慣れたか？」

「うん、いつか一人で暮らすときのシミュレーションをしてるみたい。良い機会だよ」

父はひとり言のように、そうか、と漏らしてから、麦茶の入ったコップに口をつけた。

「おまえも、なんていうか、いろいろ大変だったからな」

気まずい空気は変わらないけれど、気を遣おうとしてがんばってくれている父の言葉が嬉しかった。わたしは首を横に振った。

「迷惑かけてごめんなさい。お金だってまだ全額は返してないし」

父も首を横に振ってからナスの漬物をかじった。

「ちょっとからいな」

「お母さん、濃い味が好きだからねえ」

「母さんとも話したんだけど、うちは二人とも忙しくて、おまえは子供のときからずっとなんでも一人でやらなきゃならなかったからな。迷ったときとか、頼りたいときにどうすればいいのか分からないところがあるんだろう」

正座に疲れた足の裏がそわそわする。そっと足を崩すと、伏せた父の顔が少しだけはっきりと見えた。

「けど、どうしても一つだけ気になってることがあるんだよ」

わたしは漬物に箸を伸ばしながら、無言で続きを促した。ナスはたしかに少しからかったけれど、市販のものとは違う素朴な味がした。

「おまえ、本当は父親がだれか分かってたんだろう」

黙っていると、父はまっすぐにわたしを見た。

「分かっていて隠したんじゃないか?」

「あのとき話したことがすべてです」

そう言い切って箸を置くと、父はもうそれ以上はなにも言わなかった。

食事を終えた後で、父は本屋へ行ってくると告げて家を出ていった。

わたしは冷たい畳の上に横たわった。扇風機の風がワンピースを小さく波立たせている。

サイトウさんの部屋で寝転がっていたわたしの足を踏んだ彼の踵(かかと)が硬かったこと。

そんなことを思い出すだけで欲望は薄い心臓の膜をやぶって深い川のようにあふれ出す。

まぶたを滑る汗を拭(ぬぐ)い、天井を仰ぎながら目を細めると、砂漠でキャラバンを待っているような気持ちになった。

それなのに、どうしてだか分からない、一つだけ妙な確信を胸の奥に抱いていた。

今度、あの人に触れることがあれば、きっとわたしは死んでしまうだろう。比喩ではなく、大袈裟でもなく、真綿でゆっくりと首を絞められるように息が詰まってわたしの体は失われ、冷たい墓石の下で粉々の遺骨になるだろう。

そんなことはまったく望んでいなかった。わたしはようやく落ち着いた生活をこのまま守りたかったし、いつか暗く停滞したこの気持ちから抜け出せると信じていた。

横浜へ行ったときに貸してくれると言った本を受け取りに、雪生さんが勤めている区役所まで行った。

朝食の支度をしているときにうっかりグラスを割ってしまい、加世ちゃんへのおわびの品を買うために新宿の雑貨屋まで来たときだった。疲れたので、つい売り物のソファーに座って和んでいたら、雪生さんから電話がかかってきた。

キクコに勝手に番号を教えてもらったけどまずかっただろうか、と訊かれたので、そんなことはないとわたしは言った。帰りに車で本を届けると言われたので、貸してもらうほうが取りにいくのが正しいと思って五時に区役所の前で待ち合わせをした。

　約束の十分前にバスは区役所の前に到着した。まだ空が明るい夕方に、バスを降りると地面に自分の淡い影が落ちた。

　入ってすぐのホールは天井が高かった。もうすぐ閉まる時間だというのに、一階の戸籍係の受付ではベージュ色のイスに座っている人が何人もいた。

　そのうちに、もう閉まる時間だと警備員の人に告げられたので、建物を出て外の駐車場で待っていたら、紺色の背広姿の雪生さんが現れた。

　普段着のときにはやけに大学生風だと思っていたが、こうやってスーツ姿だと年齢相応に見える。こういう人ってたしかに区役所の受付に一人はかならずいるなあ、と考えていたら、茶色い紙袋を手渡された。

　よかったら夕食を一緒にどうかと誘われたので、家を出るときにごはんのタイマーをセットしてきてしまったと答えた。

「それじゃあ、この次に本を返してもらうときにでも」

わたしが頷くと、彼は持っていたカバンから茶色い革のカードケースと黒いボールペンを取り出して、白い名刺の裏に自宅の番号を書いた。

「読み終わったら、その番号に連絡してくれればいいから」

わたしは頷いて名刺を受け取った。当たり前だが、キクちゃんと同じ名字を目にしてちょっと新鮮な気持ちになった。

帰りにスターバックスで長い名前のコーヒーを飲みながら、受け取った名刺を見た。きっと丁寧な字を書くのだろうという先入観を打ち砕く、右上がりの不格好な数字が並んでいた。ただ、乱暴に殴り書きしたというよりは、きれいに書こうとしたけど書けなかった、そんな親近感を抱かせる字だった。

アパートに戻ると、近くのマンションの屋上がなにやら騒がしかった。見上げると、たくさんの人が手摺りに寄りかかっているのが見えた。

通りかかった同じアパートの女性にあいさつされたので
「あれはなにをしてるんでしょうね」

指さして尋ねると、今日は大きな花火大会があるからと教えてくれた。

わたしは部屋に入ってから、豚肉とキムチを軽く炒めて炒飯と卵スープを作った。

窓を開けて、炒飯を食べながら、夕焼けが消えかかった夜空を見上げる。家の屋根や小学校の校舎に遮られているものの、どうにか花火は見えそうだった。

空がようやく暗くなると、遠くで太鼓を打ち鳴らすような重い音が響いてきた。同時に、夜空の片隅に打ち上げられた花火が小さく光った。

食事を終えてリンゴ味の缶チューハイを飲みながら、わたしはずっと窓の外を見ていた。

花火は色を変えて、形を変えて、何度も空に降っていく。

わたしは電話を持ってベランダへ出た。キクちゃんに電話をかけると、何度も呼び出し音が鳴り響くものの、彼女が出る気配はなかった。

電話を片手に立ち尽くしながら、深く息を吸って、覚えていた番号を押した。

今頃はきっと授業中だろう、電源が切られていてすぐに留守番電話サービスセンターに切り替わった。

メッセージを吹き込むか否か、ぎりぎりまで迷ってから、やっぱり吹き込むことにした。

「いまベランダから花火を見てました。すごくきれいです、終わる前にもし気がついたら見てください」

喋った後で、はっと我に返って、わたしはすぐに録音したメッセージを取り消した。

結局、むこうの電話にはなにも残らないまま終わった。

ベランダの手摺りは握ると少し熱かった。マンションの屋上から笑い声が聞こえてくる。

あんなにきれいだと思った花火はすぐに見慣れて、おなかの底に響く重い震動だけがいつまでも体に残っていた。


さっき電話した？　という問いかけを聞いて起き上がった。

部屋の明かりはついたままで、電話を片手に姿見を覗くと、頰にクッションの跡がついていた。

「ごめんね、映画館の中にいたから」

「こっちこそジャマしてごめんね。大した用事じゃなかったんだ」

「いや、私は嬉しいな」

キクちゃんが急にきっぱりとした声で言ったので、少し戸惑ってどうしたのかと聞き返したら
「だって野田ちゃんっていつもこっちが誘わないと連絡してこないから。一緒にいるときはそんなことないのに、いったん顔を合わせなくなると、まるで最初からいなかった人みたい」

左手で触れていた床が濡れていた。テーブルの上に置いていた缶チューハイから水滴が落ちて広がっていた。

雑巾を探していると、今から遊びに行ってもいいかと訊かれた。

「だれかと一緒だったんじゃないの？」

「一緒だったけど、つまんないから置き去りにして帰る」

彼女はけっこうひどいことを言った。

わたしは駅からアパートまでの道を伝えた。


キクちゃんは冷たい果物のゼリーをたくさん手土産に持ってきた。フタを開けると、ぶどうの果肉の良い香りがした。

「この部屋の人っていつ戻ってくるの？」

キクちゃんは部屋の中を興味深そうに見回しながら訊いた。

「あと二週間ぐらいかな」

壁にかかったカレンダーで確認する。気を抜くと今日が何日なのか分からなくなってしまう。

床に積み重なっていた分厚い本を見たキクちゃんが、あれ、と言いながら手に取って
「これってお兄ちゃんの本だよね。いつ会ったの？」

「今日貸してもらったんだ。横浜へ行ったときに約束してたんだけど」

頷きながらキクちゃんは軽く本を開いたかと思うと、眠くなるぞ、と呟いて閉じた。

「それはお兄ちゃんから聞いた。野田ちゃんに渡してほしいって頼まれたから、それぐらい自分でやりなさい、って叱ったんだよね」

喋りながら彼女が腕にとまった蚊をじっと見つめているので
「キクちゃん、なんで潰さないの？」

とわたしは眉を寄せて尋ねた。

「蚊だって立派に生きてるのにかわいそうだから」

そして飛び立とうとした瞬間、えい、とたたき潰したのでわたしはあっけに取られた。

「痛み分け」

わたしは無言で薬箱を出して彼女にかゆみ止めを渡してあげた。ふと気がつくとわたしの足まで刺されていた。つんと鼻を突くかゆみ止めの匂いを二人で嗅ぎ

ながら
「お兄ちゃんも親切心なんだか、ちょっとは期待があるんだか、よく分からないな」

「根っからの親切心っていう雰囲気だったよ」

「そんなふうに見られるから、いつもなかなか進展しない。いい感じで進展したと思ったら横からさらわれる。前に付き合ってた女の子なんか友達に持っていかれたんだよ」

返答に困りつつも、ちょっとそういう雰囲気はあるかもしれないと考えていたら
「野田ちゃんはお兄ちゃんのこと、どう思う？」

キクちゃんが真剣な顔で尋ねた。

「どうもこうも」

そう呟いて、気づく。今日のキクちゃんは胸元の開いた淡い水色のワンピースを着て、髪を一つにまとめていた。左耳の少し上あたりにビーズの髪飾りをつけ

ている。

「キクちゃん、もしかしてデートだったの？」

「まあね。けど、渋谷で歩いてた女子高生を見て、体を売るような若い女の子はみんな孤独なんだ、なんてくだらないこと言うからレストランでトイレ行くふりして帰って来ちゃった」

キクちゃんはうんざりした顔で自分の首を撫でながら言った。

「そういう分かったようなことを言ってる人が一番分かっていないっていうのは、自分で気づかないものなの？」

「気づかないんだろうね」

キクちゃんは扇風機の風を自分のほうにむけると、鼻先を子猫のように近づけ、今日は泊まっても大丈夫かと訊いた。

「大丈夫だと思うけど、念のためにちょっと持ち主に電話してみる」

わたしはひさしぶりに加世ちゃんの携帯電話に連絡をした。

電話の向こう側では大音量でテレビが喋っている。加世ちゃんは負けないぐらいの大きな声で、ひさしぶり、と笑った。

「なにか困ったことでもあった？」

「あのね、友達が泊まりたいって言ってるんだけど、いいかな？」

高校のときの友達だと説明しようとしたわたしの言葉を遮って
「火事が起きたとき以外はいちいち連絡しなくても、自分の判断でかまわないよ」

あっさりと言われて電話を切った。漏れてくる会話をとなりで聞いていたキクちゃんが
「ずいぶんアバウトな子だねえ」

めずらしく驚いたように言った。

二人分の布団はなかったので、床に冬用の掛け布団と毛布を重ねて敷いた。キクちゃんは手足を伸ばして、布団の上でごろごろと寝返りを打ってから
「私、迷惑じゃないよね？」

ふいにこちらを見上げて言った。真剣な顔だった。唐突にこういう顔をしたと

きのキクちゃんは、その視線がむけられた相手を彼女の恋人みたいな気持ちにさせる。

「全然。迷惑なんかじゃないよ」

「けどね、野田ちゃんはきっと簡単に他人を好きになったりしない人だと私は思うんだ。

だからよけいに一度好きになると、今度は簡単に嫌いになれないんだよ」

「けど、わたし、キクちゃんのことは好きだよ」

まいったな、と彼女は言って、枕に顔を埋めた。ワンピースがシワになると注意したら、洗ってアイロンをかければ元通りだと笑った。わたしは自分のTシャツとズボンを取り出して渡した。

「ところでキクちゃん、一つだけ気になってたことがあるんだけど」

なあに、と彼女はワンピースを脱ぎながら振り返った。小柄な彼女の背中は、わたしよりもずっと白くて小さかった。

「野田ちゃんっていう呼び方、できればやめてほしいんだけど」

そう頼むと、彼女は少しだけ眉を寄せた。

「どうして？」

「なんとなく恥ずかしいっていうか、違和感があるんだよね」

「分かった。途中から呼び方を変えるって難しいんだけど」

「お願いします」

キクちゃんは頷いた。しかし実際には、彼女はわたしの下の名前を間違えて覚えていた。

そして結局、翌朝も近くの洋食屋でオムライスを食べながら
「野田ちゃん。ここのオムライス、おいしいね」

そう言ってにこにことクリームソースのかかった卵をすくっていた。


サイトウさんのことで、一つだけ気になっていたことがある。

生徒だったわたしを彼は当然のように、野田さん、と呼んでいたが、初めて泊まった翌朝に、そろそろ二、三本の白髪が混じり始めた髪を梳かしながら唐突に

下の名前を呼び捨てにした。

わたしは壁に寄りかかってミルク入りのダージリンティーを飲みながら、こういう感覚の違いをジェネレーション・ギャップと呼ぶのだろうかと、起きぬけのぼんやりとした頭で考えた。

本を返すときにわたしがキクちゃんの話を思い出していたら、雪生さんはきょとんとしたように

「気のせいかもしれないけど、なんだか今日は野田さんの目付きが鋭い気がする」

と指摘した。

区役所のそばの小さなベトナム料理屋は、よく見ると壁がひび割れたり天井に直した跡があったけれど、エスニック雑貨で統一された店内は風通しが良くて涼しかった。あまり暑い日ではなかったので、クーラーはついていなかった。

黄色のテーブルクロスの上に運ばれてきた料理が並んで、わたしたちは箸を手にした。

「今度の休みには、キクコがまたどこかへ行こうって」

相槌を打ちながら、たしかにわたしはあまり自発的に他人を誘うわけではないが、彼らは逆に誘うのがとても好きなのだと考えていた。

「なんだか雪生さんがお父さんみたいですね」

彼は、自分でもそう思うと笑った。箸を持つ手の先は細く、中指に少しペンダコができているものの、細かい手作業が得意そうだった。

「うちの父親もヒマなはずなんだけどなあ。夏はあんまり引っ越す人がいないから」

透明なスープに浸かった汁そばを食べながら、そうか、キクちゃんのお父さんは引っ越し屋さんだったのかと納得した。

会計のときに、店員から渡されたガムを渡すついでのように
「今週の日曜日は空いてる?」

唐突に訊かれたので、ちょっと考えて頷いたら、一緒に出かけてほしいところがあると言われた。

帰りのバスの中で言われた日付を手帳に書き留めながら、意味があるようでないようでやっぱりあるのだろうかと迷っていた。揺れる車内で書いた文字は少しゆがんだ。


ここ一週間ぐらい店長の姿が見えなかったので、交替のときにフリーターの谷口さんという人に尋ねたら
「店長、食中毒で入院したんだって。腐ったエビかなにか食べたらしいよ」

谷口さんは嬉しくも悲しくもなさそうな表情で言った。横浜の国立大学を中退した彼がこのマンガ喫茶で働き始めてから三年が経つという。重要な仕事の大半は彼がこなしていた。

「俺、このまま、この店の店長になれないかなあ」

ぼそっと小さな野望を呟いた谷口さんは、お見舞いに行く必要はないけれど連

絡を取りたいときのためにと病院の名前を教えてくれた。そして普段よりもちょっと忙しく働いているうちに約束の日は来たのだった。

その日の朝に、わたしがぼんやりと駅前に立っていると、目の前に黒い車が近づいて来た。

「良かった、来てくれて。ありがとう」

雪生さんはいつもと違うメガネをかけていた。助手席に乗り込みながら、メガネのことを尋ねたら

「うっかり床に置いてたら、自分で踏んで壊しちゃって」

「危ないですね」

「僕はメガネを外すと本当になにも見えないから」

わたしはハンドバッグをヒザの上に置きながら頷いた。

雪生さんの運転はおっとりとしていた。無理やり強引に割り込んだりできないタイプで、流れていく速度の遅い景色を見ていると、いつもは車の中でかならず眠くなるのに、逆にどんどん目が冴えていく。

「今日はどこに行くんですか？」

「渓谷に」

　はあ、と困惑して聞き返したら、雪生さんはそんなに遠くないから大丈夫だと緊張した横顔で言った。

　車は数十分ほど走ったところで、小さな駅のそばの駐車場でとまった。車を降りてから見回すと、立ち並ぶ樹木や神社のまわりにあまり流行っていない感じの店が数軒だけ営業している。

　昼食をとりにわたしたちは近くのお蕎麦屋に入った。店内では背中の曲がった男の人がゴルフの中継を見ながらざるそばをすすっていた。

　わたしは月見そばを、雪生さんはてんぷらそばを頼んだ。

「ちょっと田舎みたいな雰囲気ですね」

　窓の外を見てわたしは言った。強い日差しがまぶしかった。

「一応は都内なんだけどね。学生のころ、サークルの仲間と一緒に来たんだよ」

「なんのサークルに入ってたんですか？」

「歴史に残っている建物や遺跡を散策して、帰りに飲みに行く」

「それって大半は史学科の学生でしょう」

「いや、女の子が多かったから、理系の男子学生もけっこういたな」

おそばが運ばれてくると、わたしはめんつゆの中に浮かんだうずらの卵をそっと箸でくずした。

「冷たくておいしいですね」

「この辺りは都内で一番、水がきれいなんだよ」

雪生さんの真意はいまいちつかめないまま、とりあえず月見そばがおいしいことに感動していた。雪生さんは風通しの良さそうな薄いグリーンのシャツを着ている。

わたしたちは店を出てから、駅と反対の方向に少し歩いた。大きな橋が目の前に現れて、下をのぞき込むと、台地に挟まれた谷間に川が流れていた。その流れにそって、樹木が生い茂ってうっそうとした道が延びている。

「すごいですね、緑が濃くて」

「下まで行ってみようか」

わたしたちは橋の横から谷底へ続く石段をゆっくりと下りた。

道は濡れた泥がぬかるんでいて、サンダルのつま先や踵を汚した。谷間から仰ぎ見ると、細長い青空を鳥の群れが横切っていく。

青葉が太陽の光を反射して水面に散らしていた。

わたしは途中で大きな岩に腰掛けて、汚れたサンダルを洗った。雪生さんが近くのコンビニで冷たい緑茶とアイスを買ってきてくれた。濃いミルク味が舌に溶けた。

「空気がいいですね」

「川の中、よく見ると魚がいるよ」

水面をじっと見つめると、小さな影が横切っていった。

雪生さんも近くの岩に座ってお茶を開けた。シャツからのぞいた鎖骨に汗がたまっていた。

「どうしてここに？」

わたしはつま先を水に浸しながら、尋ねた。ずっと塗り直すのを忘れていたせいで少し剝げたペディキュアも、水の中では淡いピンクに光っていた。

「君が疲れてるみたいだったから」

「わたし？」

雪生さんは真顔のまま頷いた。

「僕たちの母親が肝臓ガンで死んだとき、夏生はまだ三歳で、僕は中学生だった。父さんは葬式の後ですぐに貯金をおろして、僕たちをタイのプーケット島に連れていったんだよ」

「唐突ですね」

「学校なんか一ヵ月は休んでも平気だと思ってる人だからね」

わたしは以前、欠席が多いことを担任に叱られたキクちゃんが同じ台詞を口にしていたことを思い出して少しだけ笑った。

「タイはおもしろい国だったよ。排ガスなんかけっこうひどいんだけど、海に大きな日が沈んでいくのをホテルのレストランから見たときには感動したよ。現地の人達も、ヒマさえあれば仕事を休んで地面に寝転がってるようなところだった」

「そういう生活、ちょっとうらやましいですね」

「すごく時間の流れが遅いんだよ。あの旅行がなければ、きっと僕も父さんもキクコも、なかなかすぐには立ち直れなかった。夏生はむこうのホテルでもお母さんがいないってずっと泣いてたけど、三週間も海で泳いだりごちゃごちゃした夜の町を見たりしているうちに、なんとかうまく乗り切ったみたいだった」

雪生さんはそこで言葉を切って、お茶を飲んだ。川の流れる音に蟬の鳴き声、葉のこすれる音がすべて重なって一つの音楽みたいに響いている。わたしはそっと息を吐いた。

「中華街で君が泣いてるのを見ていたら、急にそのときのことを思い出した。外国はちょっと無理だけど、どこか気持ちが休まるようなところへ連れていってあげたいと思って」

返事に詰まったわたしは黙ったまま残りのアイスを食べ終え、洗ったサンダルの中に足を入れた。

「ただ、よけいなお世話だったらごめん」

雪生さんはコンビニの袋の中からセブンスターを取り出して火をつけた。彼は喫煙者の中でもめずらしく上品に煙草を吸う人だ。空いたお茶の缶を灰皿代わりにしていた。

「わたし、そんなに疲れてるように見えましたか？」

思わず質問すると、雪生さんは煙を吐き出しながら少し笑った。

「一緒に話して笑っていても、いつもなにかべつのことに気を取られているように見えたよ。キクコが、野田ちゃんと一緒にいると片思いしてるときの気分になるって」

そう言われて、わたしのＴシャツを着て眠っていたキクちゃんの子供みたいな寝顔を思い出した。

「子供をおろしちゃったんです」

「ごめん、本当はキクコから少しだけ聞いてた」

わたしは首を振った。隠していたわけではないのだ。

「好きな人がいたんです。その人と別れたら、自分でもそんなふうになると思わないくらい、壊れちゃったんです。気楽な男の子たちと適当にくっついたり離れたり」

「その男の子たちとはどうなったの？」

「みんな連絡を取らなくなっちゃいました。もともとそこまで親しい仲でもなかったから」

「キクコは、君が一番好きだった人の子供だったのを隠してたんじゃないかと言ってたよ」

　みんな同じことを考えるのだな、と思った。ふたたび首を横に振った。

「父にも聞かれました。けど、それだけはないんです」

　どうしてこんなことを話してるのだろうと思いながら、わたしは額にたまった汗をハンドタオルで拭(ぬぐ)った。

「同じ部屋に泊まったし、抱き合ったり、一緒におふろに入ったこともあったけど、その人とは、そういうことはしなかったから」

雪生さんの顔に困惑が降り積もった。

「それは、たとえばその人の身体的な都合からとか」

「わたしの年齢が気になるというようなことは言ってました。それに、いま寝たとしても、お互いが混乱するだけだって」

まあ、それは仕方のないことだと思っていた。わたしが出会ったとき、すでにサイトウさんは四十歳をすぎていたのだ。

「たぶん恋じゃなかったんですね」

わたしは笑った。

「子供がいない夫婦が猫を飼うとか、恋人のいない女の子が大きなぬいぐるみを抱いて寝るとか。きっとあの人にとってのわたしはそんな感じで、恋と呼べるものじゃなかった」

水を吸い込んだ真綿のようにサイトウさんはいろんな不安を抱えすぎていて、強く触れるたびに混乱があふれ出す。彼を少しでも救うことができれば、一丁前にそんなことを思ったりもしたけれど、ひかれればひかれるほど、深みに足を取られていく自分を感じた。

「どうしてだかは分かりません。けど、とにかくわたしはあの人が怖かった。好きになればなるほど、あの人も自分も信用できなくなって。どんどん不安定になりました」

　キクちゃんと雪生さんの話の聞き方はよく似ている。少し前かがみになって、上目使いにこちらを見つめる。ヒザの上で手のひらを組む。

「君はたぶん、自分で思っているよりも、まわりが思っているよりも、ずっと危ういんだと思う」

　雪生さんははっきりした声で言った。

「そうですね。後から悩んだり苦しんだりするのが分かってるのに、平気なふりをして」

「野田さんの子はきっと、そんな君を引き戻すためにいたんだよ」

　彼の言葉は嬉(うれ)しかった。しかし、すぐにそう思うことは難しかった。

「ありがとうございます。けど、そんなふうに簡単に許されちゃっていいんでしようか」

「君はムチャをするわりには罪悪感が強いんだね」

雪生さんはわたしの頭を撫でた。この人は慣れているのだと、ぼんやりとした頭で実感した。こうやってキクちゃんや夏生君の面倒を見て生きてきたのだろう。

「変ですか?」

「変じゃないよ」

雪生さんは言った。

「ぜんぜん変じゃない」

彼は手をそっと離して、もう少し散歩してみようと言って立ち上がった。

日が暮れるまで谷間を歩いてから、車に戻った。夕暮れに流れていくヘッドライトが浮かび上がっていた。彼はわたしをアパートの前まで送ってくれた。

別れる間際に雪生さんは
「なにか困ったときや悩んだときには、自分だけで解決しようとしないで、絶対にだれかに頼るんだよ」

そう言い残してから車を走らせ、夜の中を帰っていった。


奥さんがどんな人だったのかと尋ねたとき、サイトウさんはパソコンにむかっていた。黒いパイプイスの背もたれに寄りかかった背中が少し曲がっていた。彼は作業していた手をとめて、メガネの奥で目を細めると
「他人からもらったプレゼントはどんなものでも使う人だった」

分かるようで分かりづらいと言ったら、曖昧に笑った。

部屋の中は暖かくて、寒い冬の夜を映し出した窓ガラスは曇っていた。

「ずっと一緒にいた人が、ある日、突然いなくなるってどんな気持ちですか？」

わたしはベッドに座って輸入雑貨のカタログを見ていた。ページを捲ると、大きなテーブルのところに赤いペンで印がついていた。

「死ぬかと思ったよ。ある意味では、一度、死んだのかもしれないけど」

彼がはっきりとした調子で言ったので、わたしは目を伏せた。

カタログを閉じてからパソコンの横に立って画面をのぞき込み
「わたしの前からもサイトウさんがある日突然に消える可能性ってあるんですか?」

その質問にサイトウさんはすぐにいつもの捉えどころのない口調に戻って
「もちろんそういう可能性はあるよ」

あっさりとそう答えた。

「だれにでも等しくあるものだろう」

わたしは、頷くことしかできなかった。

「プリント作りって、あとどれくらいで終わりますか?」

もうちょっとかかるという返事だったため、サイトウさんの空のコーヒーカップを持って、わたしは台所へむかった。温かなコーヒーを淹れ直すために。

バイトへ行く前の空き時間にキクちゃんと待ち合わせをして、お好み焼き屋へ入ったときに

「サイトウさんは普通のオジサンとは違ったの？」

キクちゃんはイカのもんじゃ焼きを混ぜながら、尋ねた。

わたしには一体どこまで焼けばもんじゃ焼きが完成したことになるのかまったく分からないのだが、彼女はなんの迷いもなく鉄板からもんじゃ焼きをすくっている。

「いや、けっこう普通のオジサンだったよ。同世代の有名人とか同僚には手厳しいくせに、べったりしたアイドルをかわいいなんて言うし。冷え性なところも」

駄菓子みたいな味の青リンゴサワーを飲みながら答えて、わたしは顔をあげた。

「そもそも普通のオジサンってどういう人？」

キクちゃんは軽く首を傾けてから、答えた。

「そのまま自分の父親に成り代わっても不自然じゃないって思わせるような雰囲気かな」

その言葉にわたしは首を振った。

「あんまりそういうふうに考えたことはなかったな」

「野田ちゃんとサイトウさんって、どこか似たところがあったのかもしれないね」

「どうだろうね」

握ったヘラの先にこげたもんじゃ焼きがこびりついていた。キクちゃんはこれがおいしいのだと笑って、口に運んだ。

「二人のときは、どんな話をしていたの？」

「深刻なこととかマジメな話が多かったかな。最初のころはけっこうくだらない会話もあったけど」

よけいな雑音の消えた記憶の世界はおだやかで、わたしはちょっと静かな気持ちになった。

「キャバクラで働いてたとき、無理して最近の話題ばっかり口にするお客さんって多かったな。本当は通じる部分ってべつにあったと思うんだけど、理解されなかったらって思うと、不安なんだろうね。わたしはまったく知らない話を聞いているほうが楽しかったけど」

そういえばキクちゃんが以前のバイト先の話をするのは初めてだと思いながら、わたしは豚とキムチのお好み焼きに箸をつけた。ほかのバイトの女の子とケンカをしてクビになったという彼女は、今はファミリーレストランでホールスタッフをしている。

「戦後の新宿のサラ地にどうやって大きなビルを建てたとか、そういう自慢ばかりしてるおじいさんの話はどこまで本当か分からなくて、けっこう好きだった。なのに息子が役立たずで、結局ほとんど売り飛ばしちゃったって笑ってたな。平家物語だよね」

小さな店の中には煙が立ち込めていた。軽く足を崩すと、皮膚に畳の跡がうっすらと付いていた。

食後のバニラアイスを食べ終わってから、わたしたちは店を出た。駅までの道は商店街が続いていて、アーケードを打ち付ける雨音が四方から響いていた。

「バイトは何時から？」

「十時だよ」

とわたしは答えた。

商店街はほとんどの店が閉まっていた。コンビニとレンタルビデオ屋の明かりだけが大袈裟(おおげさ)に輝いている。

キクちゃんが閉店間際のリサイクルショップにむかって駆け出すと
「野田ちゃん、これ、どうしよう」

と小さな白い椅子を指さして呟(つぶや)いた。背もたれのところに雪の結晶が彫られている。ちょうど彼女の腰ぐらいの高さだった。

降りかけたシャッターを強引に止めて約十分間ほど悩んでから、彼女は結局、買うことに決めた。

「明日(あした)の昼頃にはご自宅のほうへお届けしますね」

笑うと右側だけ八重歯ののぞくレジの女の子に言われて、キクちゃんは笑顔で頷いた。

商店街を出ると真っ暗な闇に雨が降り続いていた。立ち込めるアスファルトの臭いと、むっとした湿気に毛穴をふさがれる。キクちゃんは赤いカサをさしてわたしは青いカサをさした。

風の中の花のように二人で揺らせて、水の流れ落ちていく歩道橋の階段を上がった。


雪生さんに話をしてから、なんとなく眠れない日が続いた。

何時間もベッドの中で目を閉じてようやく寝ても、今度は浅い眠りの中で良くない夢ばかり見てしまう。追いかけられたり、体の一部を失ったり、高いところから落ちたり。

薄暗い明け方に起き上がると、汗だくの体に安堵(あんど)が広がった。夢で良かったとベッドを出て、台所でコーヒーを淹れる。沸騰したやかんからカップに注がれるお湯の音。まだ暗い窓の外で鳴いているカラス。背骨を伸ばすとかすかに痛む。

コーヒーを飲みながら、そういえばわたしは子供のころから空を飛ぶ夢を見たことがなかったとふいに思った。

近所の薬局でひさしぶりに市販の睡眠薬を買ってきて飲んでからはようやく安定した眠りが訪れたものの、今度は起きているときに頭の中がぼんやりとして、石で押さえつけられたように上手く感情の起伏が起こらない日々が続いた。

その日もわたしは薬局へ寄ってから、夕食の買い物をスーパーで済ませて帰ってきた。

アパートの階段を上がると、ドアの前にだれかが座り込んでいるのに気付いた。見知らぬ男の人だった。

「すみません」

警戒しつつ声をかけると、彼は顔を上げた。無地のベージュ色の半袖シャツに、穿き古していないきれいなジーンズを穿いていた。青いスニーカーの靴ヒモが白く、一見普通なのにどこか品が良い格好をしている。

「なにをしてるんですか?」

「やっぱり加世ってまだここに住んでますよね?」

そう言って立ち上がり、顔をのぞき込まれた。痩せていて背が高い。しばらく見つめ返してから、魚眼レンズごしに見た顔だと思い出した。

「ああ、加世ちゃんの元彼氏」

「やっぱり、知ってるんですね。そうですよね、変だと思ったんです。郵便物もあいつのしか届いてないし、自転車も置きっ放しだし」

これはもしかして世に言うストーカーではないかと思ったが、早口に喋った口調はけっして高圧的ではなかった。むしろ気弱そうな言葉尻だったために、わたしはため息をついた。

「彼女は京都の実家に帰ってます。わたしは加世ちゃんの大学の友達で、彼女がいない間だけ部屋を貸してもらってるんです」

「連絡先を教えてもらえませんか？　あいつ、携帯のほうは着信拒否にしていて」

「わたしも携帯の番号しか知らないですよ。知っていても教えないです」

そう告げながらスカートのポケットの中に手を入れた。もしも相手が逆上するようなことがあれば、先日東急ハンズで買ったばかりの防犯ブザーを試してみようと考えていた。

「じゃあ、いつ帰ってくるんですか」

「わたしは加世ちゃんに、あなたには引っ越したって告げてほしいと言われていたんです。正直もう迷惑してるって。たぶん次に訪ねてきたら通報されますよ。それでもいいなら」

怒り出すかと思ったのに、落胆して眉を寄せた彼の目からはあっという間に涙が落ちた。ぎょっとして肩を揺すると、彼はさらに刺激されたように声を殺して泣き出した。

仕方なくわたしはしばらくドアの前で、彼の背中をさすったりなぐさめたりしていなければならなかった。見知らぬ男の背中を軽く叩きながら、なんでわたしはこんなことをしているのだろう、と心の中で呟いた。

時間をかけてやっと落ち着いたものの、彼は途方に暮れたように廊下にしゃがみ込んだまま動こうとしなかったので、仕方なく近所の洋食屋に誘った。

うわの空で立ち上がった彼は

「部屋へは入れてもらえませんか？」

「それはダメ」

きっぱりと断ったら、またぐずぐずと泣き出しそうな気配だったので、わたしは誘導してアパートを出た。

歩きながら後ろから虚ろな目でついてくる彼を見て、うっかりエサをあげてしまった野良猫みたいだと思った。

わたしはお店で魚介の冷製パスタを頼み、彼はカルボナーラを頼んだ。シーザーサラダを頼んで半分は彼のお皿に取り分けると、ようやく少し目が覚めたように
「すみません」

と彼が呟いた。その一言で、もしかしてわたしの奢りなのだろうかと思うと少し理不尽な気もしたが、あまり深く考えないことにした。

「ワイン飲めます？」

「はい」

わたしは二人分のサングリアも注文した。冷たいサングリアは甘くて、かすかにレモンの香りがした。長いことドアの前で立ち往生していたために、自分でも気がつかなかったぐらい空腹だったようだ。

話したいことがなかったので、仕方なく今さらお互いに自己紹介をした。彼が大学名と専攻を告げた後に

「そちらの大学へ行った友達に紹介してもらって、加世とは知り合ったんです」

と説明した。

彼は運ばれてきたパスタを丁寧なフォーク使いで食べた。食べ方のきれいな人だと思った。

「加世ちゃんとはどれくらい付き合ったんですか？」

「三ヵ月です。彼女の誕生日を祝った翌日に、やっぱりわたしたちは気が合わないから終わりにしようって言われました」

終わりに、のところで彼はちょっと言い淀んだ。わたしは気付かなかったふりをして、レタスにかかったチーズをこぼさないように気をつけながら口に運んだ。

「彼女の趣味に合わないプレゼントをあげてしまったとか」

「たぶん、そんなことはないと思うんですけど」

彼の空いたグラスにサングリアをつぎながら、彼が加世ちゃんにあげたプレゼントを聞いたわたしは眉を寄せた。

「失礼ですけど、なにかバイトはしたりしてます？」

「それは一応していますけど、大学の勉強が忙しいので、あんまり」

「実家が裕福なんですね」

「そうなんでしょうか。まわりにはそう言われますけど」

おそらく加世ちゃんにとっても高額すぎたであろうプレゼントの内容が、二人の価値観や愛情のバランスの悪さを、なによりも示していると思った。食事の最中に、わたしは彼にくり返しあきらめるように忠告したが、彼は聞いているのかいないのか分からないような表情を浮かべていた。

お会計のときにすべて払うと言った彼を制して、自分の食べた分の額を差し出した。妙な疲れが体に残った。

彼を駅へ帰してから、戻ってきた部屋の中で着替えていると、喉が少し痛い気がした。洋食屋のクーラーが強かったせいかもしれない。

加世ちゃんに電話をして、火事ではないんだけどね、と前置きをしてから一応さきほどまでの出来事を伝えた。

「ごめんね、面倒なことに巻き込んで」

「あの人はたぶん、はっきり説明しないと分からないよ」

加世ちゃんはため息をついた。

「だめなんだよ。あの人、私が文句を言うと、それならぜんぶ直すなんて言うし。なにも考えずにぜんぶ直すなんて、そういうところが嫌だったなんてこと、分からないんだよね」

そんなふうに話をしてから、電話を切った。

軽くシャワーを浴びて歯をみがいてから、ベッドの中にもぐり込む。

はたから見たらわたしも彼のように空回りしているだけなのだろうかと考えたらぞっとした。嫌な感覚につかまった気がした。

体はきしむほど疲れているのに、眠りはなかなか訪れなかった。台所で白い錠剤を取り出して飲み、ベッドへ戻った。

真夜中、自分の咳き込む声で目が覚めた。体にかけたタオルケットが床に落ちている。声が掠れて喉が痛かった。水を飲もうと立ち上がったら重たい頭痛がした。

翌朝も目覚めると気分が悪かった。胃の奥になにかが詰まっているようで食欲がなく、起き上がるのもおっくうだった。

自宅に戻ろうかと思ったものの、着替えてしたくをして電車に乗って、という行程を考えるとめまいがした。迎えに来てほしいと頼むのも気が進まなかった。たしかにわたしは自分から求めるのが苦手だ。

結局、バイト先にだけ連絡をして休ませてほしいと頼んだ。谷口さんが電話に出て、今夜は自分が代わりに入ると答えてくれた。それから店長はまだ病院から戻らないのだと続けた。

「すみません、忙しいときに」

「いや、すべての仕事を自分で管理できるから逆に楽だよ」

彼はゆっくり休むようにと告げて、電話を切った。

わたしは枕元に飲み物だけ置いて、ときどき読みかけだったポール・オースターの『ムーン・パレス』を開いた。ずっと集中していると目が疲れてくるので、適度に読み進めて、目を閉じた。

夕方まで眠り、明日プールへ行かないかというキクちゃんの電話で目が覚めた。起き上がると空っぽの胃が絞られるように痛んだ。残りものでも食べようと冷蔵庫を探りながら
「ごめん。ちょっと今は風邪ひいてるから無理だな」
そう答えたら、キクちゃんは驚いたように
「そういえば声が変だよ。一人で大丈夫なの？　今はちょっと出先だけど、夜中なら行けるから」

電話の後で、頭の奥にはキクちゃんの言葉の余韻だけが残った。わたしはベッドに戻ってタオルケットを体に巻き付けた。ミノムシみたいな安心感に浸されて目を閉じた。

それから一時間も経たないうちに部屋のインターホンが鳴った。

あの気弱なストーカーだろうかと、立ち上がるのすら億劫に思いながらも魚眼レンズをのぞき込むと、なぜか雪生さんが立っていた。

わたしはあわてて洗面所で寝癖を直してから、パーカを羽織ってドアを開けた。

雪生さんは買い物袋を片手に親のような顔で

「四十度の熱でふらふらだって聞いたけど、大丈夫？」

と訊いた。わたしは恥ずかしくなり、頭を抱えた。

「すみません、キクちゃんが大袈裟に伝えたんです」

「うん、キクコから派遣されて来た。十時になったら交替しに来るって言ってたから、それまでは僕が手伝うよ」

わたしは戸惑いながらも、彼を部屋に通した。お茶を淹れようとしたら、彼は横になったままでいいからと告げて、台所でスーパーの袋の中身を取り出した。

「なにか食べた？」

「いえ、今日はまだ」

「やっぱり。ちょっと台所を使わせてもらうよ」

しばらくすると、鍋(なべ)にお湯を沸かす音や、ネギを刻む音が聞こえてきた。男の人が自主的に台所に立っているところを見るのは初めてだった。

「野田さん、これって今も飲んでるの？」

わたしが顔を上げると、彼は薬の入った青い箱を手に持っていた。

「市販の睡眠薬だよね、これ」

ええ、まあ、と曖昧(あいまい)な返事をしたら雪生さんはすっと箱を開けて、中の錠剤を取り出してからトイレへ入っていった。

様子を見に行くと、ぷち、という妙な音が聞こえた。雪生さんが錠剤のシートから一つずつ薬を押し出してトイレに流していた。

「なにをするんですか？」

さすがに憮然として大きな声を出したら頭の奥に響いた。彼は表情のない横顔で

「僕はあんまり薬を信じてないんだよね」

淡々とそう言って、すべての薬をトイレに捨ててしまった。

「だからって」

残ったプラスチックのシートを台所のごみ箱に捨て、向き直った彼は

「僕もキクも自己中心的だからね。気にいらないものは、たとえ自分には関係がなくてもどうしても見過ごせないんだよ」

「雪生さん」

「死にたくなったら、どんな時間でも駆けつけて止めるから。見捨てたりしないから。愚痴でもなんでも好きに喋ってかまわない。それでも抜け出せないほど絶望が深かったら、そのときは僕を殺してから死んでくれ」

その真剣すぎる言葉にびっくりして、わたしはとっさに、まったく関係のないことを口走った。

「さっき、キクちゃんのこと、キクって呼びましたね」

雪生さんはふっと我に返ったように、頭を掻いた。

「気がつかなかった。君の言い方が移ったんだな」

わたしはその言葉にちょっと笑いながらも、べつのことを考えていた。雪生さんが切迫した口調で言葉を紡いでいたときに、なにかが強く胸にひっかかった。けれど、そのひっかかりの正体が分からなかった。

出来上がった中華がゆと春雨のサラダを食べながら、わたしは雪生さんたちの子供のころの話を訊いた。雪生さんが子供のときはいつも女の子に間違えられたとか、同級生に意地悪されたキクちゃんが相手をドブに突き落としたとか。

「台風の日に、僕が学校から帰ると、夏生とキクコが二段ベッドに隠れてた。がたがた窓が鳴ってる暗い部屋でベッドに入ってると、洞穴みたいで楽しいんだって」

そこで言葉を切って、彼は急須の中で葉が広がったことを確認してから、湯飲みに緑茶をついだ。

野田さんの話も聞きたいと言うので

「わたしはずっと一人っ子だったので、両親との思い出以外はほとんど一人で本を読んだりテレビを見たりした記憶ばっかりですね。二人とも共働きで夜遅くまで帰らなかったし」

と私は答えた。

「だから風邪をひいても一人でなんとかしようとするんだね」

雪生さんがこちらを見たので、わたしは目をそらした。

「でも一つだけ」

湯気のたつお茶はおいしかった。喋るたびに、喉（のど）の奥から隙間風に似た掠（かす）れ声が漏れる。

「近所に彩（あや）ちゃんっていう子が住んでたんです」

わたしは曲げていた足を伸ばした。背骨の奥が少しきしんだ。

「いつごろのこと？」

「まだ六歳とか、七歳のときかな。かわいい子だったんですけど、ちょっとワガママだったんですね。それでわたしのほかには友達がいなくて、彩ちゃんはいつもわたしがほかの子と遊ばないように見張ってるような感じだったんです。だれかが誘いに来る前に、わたしを自分の家に連れていってしまうとか」

いったん言葉を切ると、雪生さんが煙草を吸ってもいいかと尋ねたので頷いて、少しふらつきながら立ち上がって窓を開いた。そしてまた床に腰をおろした。

「けど、わたしが家で誕生日会を開いたときに、ほかの友達から彩ちゃんを呼ばないでほしいって言われて、わたしも少し面倒だったから賛成したんです。そうしたら後で彩ちゃんにそのことがバレちゃって」

「大変なことになった？」

「階段から突き落とされたんです」

雪生さんが言葉を失ったので、五段ぐらいのところからですよ、とわたしはあわてて補足した。

「だからあまり痛くはなかったんですけど。そのときに振り返ったら、ものすごい勢いで彩ちゃんが泣いていて。後日、仲直りはしたんですけどね。そのときにリボンで結んだ髪を振り乱して泣いていた姿は、今でもよく覚えてます」

雪生さんは相槌を打ちながら、指に挟んだ煙草から灰を落とした。蛍光灯に照らされた煙はぼんやりと白い。

「僕らがこうやっておせっかいを焼くのは、君にとって迷惑なんだろうか」

「そんなことはないんです」

「正直に言ってくれてかまわないよ」

「本当です。ただ、うまく感情が戻ってこないんです」

こういうときの雪生さんはこちらが戸惑うぐらいに優しい表情をするので困る。

「君はまだ、前に付き合ってた人が好きなんだろうか」

「分かりません。たとえば街中で一緒に聴いた曲を耳にすると体が壊れそうになったり、思い出すたびに何度も走りだそうとしてしまったり、そんなふうに気持ちは湧き上がるけど、だからって、もう一度くり返す気はありません。今度あの人に触れられたら、わたしたぶん死んじゃいます」

雪生さんは曇ったメガネを外して、シャツの裾でレンズを拭きながら軽く息をついた。

この人の涼しい目元は母親似だろうかとわたしは思った。

「そこまで言われるっていうのは、正直ちょっとうらやましいかもしれないな」

「けど、やっぱりそんなの変ですよね。どちらも幸せにならなきゃ意味がないってわたしは思うから」

そう、だからきっと、わたしは言葉をたぐりながら呟いた。

「わたしはあの人に幸せになってもらいたかったんです。眠る前に新しい朝が来ることを楽しみに思うような、そんなふうになってもらいたかった。けど、わたしには無理だった。

その力不足を未だに認めたくないのかもしれないです」

「自分が他人を幸福にできるなんて発想は、そもそも行き過ぎなのかもしれないよ」

わたしは雪生さんの顔を見た。彼はメガネを掛けながら笑った。

「幸せにしたいと思うことは、おそらく相手にとっても救いになる。けど、幸せにできるはずだと確信するのは、僕は傲慢だと思う」

開いた窓のほうから小さくピアノの音色が流れ込んできた。こんな時間に、近所の家で子供が練習しているのだろうか。あまり優雅じゃないカノンのメロディーに耳を傾けた。

「そうかもしれませんね」

と言いかけたときに階段を上がる音が聞こえてきて、わたしたちが顔を見合わせると同時にインターホンが鳴った。

「ごめん、開いてるスーパーを探してたら遅くなった」

キクちゃんが早口に告げながら入ってきた。今日の彼女は真っ白なワンピースを着ている。

ヒールの高いサンダルを玄関に放り投げて、持っていた袋を差し出すと、中には鮮やかな果物がたくさん入っていた。雪生さんが立ち上がって袋を受け取り、果物を台所で洗い始めた。

「野田ちゃん、大丈夫？」

キクちゃんはそう言ってさっとわたしの額に自分のおでこをつけた。実際にそんなことをする女の子は初めてで、一瞬だけ掠った彼女の鼻先に、わたしは少しだけ緊張した。

「キクちゃん、びっくりした」

「こういう鼻と鼻とをこすり合わせるのを、エスキモーキスって言うらしいよ」

キクちゃんはさらっと言ってから、思い出したようにバッグの中からなにかを取り出した。

「これ、野田ちゃんにプレゼント」

そう言って彼女は一本のビデオテープを差し出した。思わず首を傾げる。

「呪いのビデオ?」

わたしのくだらない返事にキクちゃんがあきれていると、雪生さんが大量の果物を載せたガラスの器を運んできた。スイカやキウイフルーツ、オレンジの輪切りが鮮やかに盛られていた。

「キクコ、おまえ、すごい量を買ってきたな」

そう言いながら雪生さんもわたしが持っていたビデオテープをのぞき込んだ。

「なんだこれ？」

「夏生からのビデオレター」

そう答えてからキクちゃんはビデオデッキにテープを入れた。

画面に映ったのはどこかのスタジオのようだった。ギターを抱えた夏生君が不器用な作り笑顔で、こんばんは、と言って頭を下げた瞬間にキクちゃんが大笑いした。

「キクちゃん、そんなに笑ったら可哀想だよ」

「だって傑作だよ。夏生のやつ、普段はあんなにかっこつけてるくせに」

キクちゃんは終始、押し殺した笑いを漏らしていた。

ビデオにはほかにも楽器を持った男の子たちが映っていた。みんな夏生君よりは年上のようだった。雪生さんが妙に感慨深そうにテレビを見つめている。

そのうちに画面の中の夏生君は、わたしも知っている歌を何曲か歌い始めた。最近の曲だけではなく『Ｓｔａｎｄ　ｂｙ　ｍｅ』やサイモン＆ガーファンクルの『冬の散歩道』も混ざっていた。

「このへんの選曲はお兄ちゃんの影響だな」

キクちゃんが目を細めた。

夏生君の歌い方はまだまだ少年っぽさの残る感じで、正直、声量にさほど迫力はなかったけれど、その声にはやっぱり不思議な良さがあった。

最後に一曲だけ聴いたことのない歌でしめくくってから、ありがとうございました、とふたたびぎこちない笑顔で言ってビデオは途切れた。

「感想を聞かせてほしいって」

デッキからビデオを出したキクちゃんは、バッグにテープをしまって言った。

「その前に、どうしてわたしにこれを?」

「前に誉められたのがよっぽど嬉しかったんじゃないかな。あの子ってあんまり家族以外から誉められたことないみたいだから」

キクちゃんはあいかわらずさらっとひどいことを言ってから、オレンジの輪切りを指先でつまんだ。

口に入れた後で、すっぱい、と笑った彼女に、相手よりも先にお土産を食べるものではないと雪生さんが諭した。瑞々(みずみず)しい香りがテーブルの上からこぼれるようにあふれていた。

それから翌日も仕事があるという雪生さんは先に帰っていった。

眠る前に、キクちゃんは雪生さんと同じように子供のころの話をしてくれた。

もっとも同じ話でも雪生さんとキクちゃんの記憶がかなり食い違っているので、わたしが笑っていると

「どうしたの?」

キクちゃんはきょとんとした顔をしてから、また明るい目で語り始めた。

初めて友達の家に泊まった夜を思い出した。やわらかい眠りに引き込まれながら、わたしはキクちゃんの話をいつまでも聞いていた。

わたしが初めて付き合った男の子は、海のある町に住んでいた。

生まれたのは東京だけど、高校生のときに親の都合で引っ越したのだという。友達の友達だった。夏休みに彼がこちらへ遊びに来ていたときに偶然出会って、紹介された。

週末に電車で片道一時間半かけて遊びに行っていた。電車に乗って、窓ガラスのむこうに海の気配を感じるといつも鼓動が早くなった。

彼の家のガレージで抱きしめられたとき、突然、彼が見知らぬ人になってしまった気がして戸惑ったけれど、それはけっして嫌ではない違和感だった。

その男の子は、別れ際にかならず先の約束を取りつけたがるわたしに、どうしてそんなにあせるのかと不思議そうにいつも訊いていた。

いま目の前にあるものが明日にはもう消えているのではないかと思うと怖かったのだ。

けれど実際に彼が去っていったとき、わたしは友達に泣いて語ることと、一週間の夜遊びとケーキバイキングで彼のことを忘れてしまった。

手放したくないと必死に思っていたときの感覚さえ、目覚めてすぐに忘れてしまった夢みたいに、二度とよみがえっては来なかった。

何事もなかったかのように時間が流れて、わたしはそのうちにまわりと競い合いながら受験勉強に没頭するようになった。

そんなときに出会ったのがサイトウさんだった。

わたしは彼となにかを約束したいと思ったことは一度もなかった。むしろそういう話は極力、持ち出すのを避けていた。

自分でも不思議だった。最初に付き合った男の子とはなんの意味もないと分かっていても十年先のことまで約束しようとしたのに、サイトウさんと一緒にいるときには、明日世界が終わってしまえばいいのに、などと不埒（ふらち）なことを心の片隅でいつも考えていた。

どんなに明るいほうに戻ろうと手を引いても、気がつくと一緒に深い森の中に戻っている、抜け出す努力を放棄したまま大人になってしまったこの人と十年も二十年も一緒にいるなんて冗談じゃないと、そんなふうに心の一番深いところでは、思っていたのかもしれない。

加世ちゃんが戻ってくる前夜に、わたしは荷物をまとめていた。ようやく慣れたベッドの感触が染みついた背骨は、今度は自宅のベッドにしばらく違和感を覚えるのだろう。

洗ったはずの洋服にもこの部屋の空気が少し残っていた。

片付けをすませてから、一ヵ月半分の家賃だの光熱費だの、だいぶ安くしてもらった額を封筒に入れてテーブルの上に置いた。部屋の電気を消してドアを閉めた。鍵は郵便受けの奥にガムテープで張り付けておく。

左手にボストンバッグ、右手に朝顔の鉢植えを抱えて、わたしは明るい夜の中を駅へむかって歩きだした。

家のドアを開けると、母が居間でニュースを見ていた。おふろ場からシャワーの流れる音が響いている。一人よりも数倍の生活音にあふれた家の中は、玄関のマットが赤から無地の青に変わっていただけで、あとはいつものとおりだった。

「ただいま」

大きな声でそう告げると、ようやく気付いた母が出てきた。

「おかえり。スイカがあるけど食べる？」

わたしは頷（うなず）いてから、ボストンバッグを玄関に置き、朝顔の鉢植えを持って庭へまわった。

細い月が照らす庭はきれいに雑草が刈り取られていた。軒下には、作りかけの棚が立て掛けてある。コーヒー豆に似た深い茶色で塗られていた。

棚の横に朝顔の鉢植えを並べてから庭を出た。


週末の雨が降る夜に、話がある、という電話を雪生さんからもらって、わたしもだと答えた。

父はまだ仕事から帰らず、母は寝室で化粧台の引き出しの整理をしていた。家の中はとても静かだった。

翌日、わたしは雪生さんの部屋へ初めて遊びに行った。予想していたよりも物が多かった。よけいなものが少ない整然と片付いた部屋だろうと勝手に思っていたのだ。

実際は机の上に何冊も本が積み重ねてあったり、銀色の額縁に入ったクリムトの複製画をおおうようにハンガーにかかったジャケットが下がっていたり、片付いてはいるけれどはっきりと生活感があった。

コーヒーを飲みながら少し世間話をして、彼が好きだというCDを聴いた。

その後に、趣味でたまに撮っているという写真のアルバムを見せてもらった。外国へ旅行したときの町の風景、知り合いやビルの屋上から見えた空を写した写真がかなりの枚数でファイルされていた。

大きな窓から落ちる強い日差しを白いカーテンが遮っていた。カーテン越しに近所の大学の校舎や大きな川が見えていた。

僕は君のことが好きかもしれない、と雪生さんが言ったとき、わたしはソファーに座って出されたマドレーヌを食べていたところで、細かい粉が喉(のど)に入り込んで軽くむせてしまった。

「ごめん、タイミングが悪くて」

彼はわたしにコーヒーのカップを手渡した。深呼吸しながらコーヒーに口をつける。

「言おうかどうしようか迷ってたんですけど」

わたしは口元を拭(ぬぐ)い、言った。

「雪生さん、お母さんが肝臓ガンで死んだなんて嘘ですね」

彼は一瞬だけ戸惑ったようだったが、すぐにいつもの顔に戻った。

「キクコから聞いたの？」

わたしは頷いた。彼は黙ったままアルバムを閉じた。

「わたしが風邪をひいて二人が看病に来てくれた夜に」

「うん」

雪生さんはソファーに寄りかかって、深く息を吐いた。それから妙にすっきりとした顔でこちらを見た。

「ごめん。嘘をつくつもりじゃなかった」

「それも嘘だ」

コーヒーを飲みながら呟いたら、また、ちょっとだけむせかけた。

「……キクちゃんが言ってましたよ。お兄ちゃんはお母さんのことでは絶対に他人に本当のことを言わないんだって。いつもそうなんだって。ただ、野田ちゃんには本当のことを話してるかと思ってた、って」

「ごめん」

雪生さんはしばらく沈黙した。揺れるカーテンのむこうで、空のものすごく高いところを飛行機が飛んでいく。

「わたしが苦しそうにしてるから救ってくれようとして、その感情を恋だと錯覚してるとしたら」

「それも少しはあるけど、それだけじゃない」

雪生さんがきっぱりとした声で言ったので、今度はわたしのほうが黙った。

「たしかに僕は母親のことで今までずっと嘘をついてきた」

ずっとですか、と尋ねたら、ずっとだと相槌を打った。

「僕の父は君が会った通りの人だけど、母はなんていうか、父とはまったく正反対のタイプだったんだよ。線の細くて、神経質というか、ちょっと過敏なところがあった。

ときどき一緒にいるのがきついぐらいだったよ。とくに夏生が生まれた後、仕事がちょうど忙しい時期と重なって父が頻繁に家を空けるようになってからは育児ノイローゼみたいな状態になって大変だった。そのころの母にはもう、僕らの声なんか届いていないみたいだった。

母がいなくなってからずっと同じ部屋の中にいるみたいだった。どんなに激しい風が吹いていても、すばらしい景色を見ても、自分はいつも一枚みんなと隔てたところにいる気がしていた。

母と過ごした時間が僕よりは短い夏生とキクコが正直ずっとうらやましかったよ。あの二人は僕よりもずっと遠くまで行けるように見えたから」

「その考え方は、傲慢（ごうまん）だと思わないですか？」

「今では思う。ただ、いったんそういう発想の世界につかまってしまうと、もう身動きが取れなかったんだ。ようやく焦点が合ってきたのは就職して家を出て、一人で考える時間が増えてきた、ここ数年だから」

次第に混乱が頭の中に積もってきた。わたしが片手でこめかみを押さえていると、彼は申し訳なさそうに言った。

「嘘をついていたのは、ごめん。信用してなかったわけじゃない」

「雪生さんのお母さんは、結局、どうなったんですか？」

そう訊いたら雪生さんは少し意外そうにこちらを見た。

「キクコから聞いたわけじゃないの？」

わたしは首を横に振った。

「肝臓ガンで死んだわけではない。そう言われただけです。自分が本当のことを喋ってもかまわないけれど、お兄ちゃんと野田ちゃんの関係も大事にしてほしいから、やっぱりお兄ちゃんと直接話してほしいってキクちゃんは言ってましたよ」

雪生さんは困ったように笑って何度かまばたきをすると

「まいったな。キクコのほうが僕よりもずっと大人だ」

そう言って自分の頬を撫でた。

「けど、キクちゃんがああいうふうに育ったのは、雪生さんたちに囲まれて育ったからだと思います」

雪生さんはふと真面目な顔になった。

「いつか、かならずきちんと話すから。だから、母に関する話はもう少し待ってほしいんだ」

わたしは頷いた。うつむいた彼が、一瞬、すごく小さな男の子みたいに見えて、わたしは思わずその背中に手を伸ばし、彼が前にそうしてくれたように、少しぎこちない感じで撫でた。

ゆっくりと雪生さんの体が近づいてきて、背中に手が触れた。ソファーに軽く倒れ込んで見上げると、女友達の兄としてではなく、ただの男の人の目でこちらを見ていた。

押し返そうとしたけれど、服を着た姿から想像していたよりも実際の雪生さんの体はずっと重かった。服の中に入り込んできた手のひらの熱い体温に、一瞬だけ泣きそうになった。

どんなに求めても一定の距離を保ったまま、本当は全然わたしのことを見ていなかったサイトウさんのことを思い出した。

シャツのボタンを半分ほど外したところで、雪生さんはふと迷ったように体を離した。

わたしは寝転がった状態で、立ち尽くしている彼を見上げた。さっきはあんなに強かったのに、今はもう途方に暮れたような顔をしている。

「嘘はいやだ。けど、雪生さんがしてくれたことはぜんぶ嬉しかった」

大きな声で言ったわたしに、彼はようやく笑ってこちらをむいた。

「あせって、ごめん」

いいえ、と首を横に振って、わたしは起き上がった。それからシャツのボタンをとめて軽くついたシワを伸ばし、新しく淹れてもらったコーヒーを飲んだ。

窓の外の青い空に、消えかかった飛行機雲がうっすらとどこまでも伸びていた。

同じ高校のクラスメートではあったけれど、卒業するまでにわたしとキクちゃんが二人で話したり一緒に出かけたりしたことはほとんどなかった。

わたしが昼休みに教室で女友達に混ざってやきそばパンをかじっていると、よく窓から数人の男の子たちと正門を登って学校を抜け出していくキクちゃんの姿が見えた。

キクちゃんの言動はほかの女の子たちからは失笑を買っていたが、わたし自身はいつもだれよりも楽しそうにしている彼女を見るのが嫌いではなかった。

あれは体育祭の朝だった。教室にサイフを忘れてしまったわたしは、開会式が始まる直前に校庭で並んでいた列をそっと抜けて、校舎に戻った。

だれもいないと思っていた教室から物音が聞こえたので、残してきたサイフのことを思い出したわたしがあわててドアを開けると、キクちゃんが教室の後ろのロッカーに寝転がってのんきに鼻歌を歌っていた。

「どうしたの？」

振り返った彼女は、こっちがしたかった質問を先にした。唇の右端に小さな黒いホクロがあった。顔の小さい子だと思っていると、キクちゃんは真顔のまま言った。

「もしかして野田さん、具合でも悪いの？　それなら教室じゃなくて保健室にいかないとダメだよ」

わたしは首を横に振って、サイフを忘れてしまったことを告げた。

教室の机には女子の着替えとカバンが、きっちりとたたまれたものから少し乱雑なものまで積まれていた。ロッカーから降りたキクちゃんが窓のほうへ駆け寄ると

「野田さんも一緒に見ようよ」

と手招きした。仕方なく呼ばれたわたしが校庭を見下ろすと、ちょうど吹奏楽部の演奏が始まっていた。秋の透明な日差しの中でいっせいに歩きだした生徒の足元から砂ぼこりが舞い上がる。

勇ましい音楽に乗ってまっすぐに進んでいく生徒の波が朝の光に包まれていた。

「あの中に混ざってると退屈なだけなのに、ここから見るとちょっと楽しいでしょう」

キクちゃんが風に吹かれた前髪を押さえながら笑顔で言った。わたしは相槌を打ちかけてから、ふと我に返った。

「もしかして去年の体育祭もさぼって教室から見てたの?」

彼女はあっさりと頷いて笑った。白いカーテンが大きくはためいていた。

行進が終わってから、サイフを手にしたわたしが校庭に戻ると告げたら、キクちゃんはちょっと残念そうだった。そのまま彼女を残して教室を出た。

廊下から振り返ると、キクちゃんはもうべつのことを考えているような顔でロッカーに寝転がっていた。

体育祭の日に教室で野田ちゃんとちょっと話したね、というキクちゃんの一言で、そんなことを思い出した。

「あのときはこんなふうに野田ちゃんと仲良くなるなんて思ってなかったからな

あ」

キクちゃんはキスチョコをつまんで、そう言った。

キクちゃんが最近よく来ているというショット・バーの店内は土曜日の夜ということもあってお客が多く、わたしたちのテーブルのそばでは三人組の男性客がダーツをしていた。

わたしはグラスの下で濡れてふやけたコースターを見ながら、あのときのキクちゃんの姿を思い出していた。

白い体操着から出た彼女の腕は今よりもさらに細くて、なんだかたよりなく見え、上目使いにこちらを見る瞳の印象だけがやけに強かった。

「そういえば、キクちゃんって口元にホクロがなかった？」

そう言って彼女のほうを見ると、キクちゃんはしばらく首を傾げてから思い出したように大きな声で笑った。

「うん、あのときマリリン・モンローをビデオかなにかで見た後で、影響されて毎日マジックで口元にホクロを描いてた」

そう笑うキクちゃんに、やっぱりちょっと変な子だとわたしがため息をついていると、彼女はぎゅっと目を細めて見返した。

「キスマークついてる」

あせって首に手を当てたわたしを、キクちゃんはきょとんとした表情で見つめた。

「とうとうお兄ちゃんと寝たの？　それとも第三の男とか」

「そういうタイトルの映画ってあったなあ。けど、キクちゃん。残念だけど、どっちも外れだよ」

「残念、なんだ」

そう呟いた彼女に、わたしはそういう意味ではないと弁解した。

「それでお母さんの話は聞いた？」

「かならず話すから待ってほしいって言われた」

キクちゃんはわたしの言葉に大袈裟なため息をついて苦笑いした。

「野田ちゃん、あんな面倒な男はもうやめなよ。私がもっと良い人を紹介してあげる」

わたしが眉をひそめると、彼女は冗談だと笑ってから、黙り込んだ。大根と水菜のサラダを自分のお皿に取りながら、なにやら考え込んでいるようだったので
「キクちゃん？」

とわたしが呼びかけると
「お兄ちゃんは一見、物腰が柔らかいけど、たしかに面倒なところがあって難儀な男かもしれない」

と冷静に呟いてから、ライムの沈んだジーマの瓶に口をつけた。

「けどね、あの人はとりあえず、すごく優しい人だよ。忍耐強くて、なにより情が深いしね。わたしと夏生はけっこういろんなことに対してすぐにあきらめることが上手になっちゃったけど、お兄ちゃんはそれができなくて苦しんだみたいだし。

お母さんのことにしたって、ヘタするとパパより引きずってるからね」

「自分のせいだと思ってるんじゃないかな」

そうだよ、とあっさりキクちゃんは言って、頬杖をついた。手首につけた細い銀のブレスレットが揺れた。

「前にも言ったかもしれないけど、うちの中でだれよりもお母さんに似てたのはお兄ちゃんだからね。わたしたちよりも分かっちゃって、つらかったみたい。お母さんもそれを知ってるから、悩んだり、イライラすることがあると、真っ先にお兄ちゃんに気持ちをぶつけるしね。あれは見ていたほうも痛かったよ。正直わたしはお母さんがいなくなったときも、悲しかったけど、同時にこれでお兄ちゃんが楽になるなって思ってほっとした」

「なかなか、そう簡単にはいかないみたいだね」

「まあね。けどね、野田ちゃん。きっかけさえあれば、決壊したダムの水みたいにあふれ出すと思うんだよ。それでいったん空っぽになった瞬間から、人はまた新しい水が入って来るんだと思う」

「けどキクちゃん、空っぽになるまでの決壊してる間って、それはそれで大変なんじゃないの？」

キクちゃんはごまかすように笑ってサラダを食べた。いつもは白い頬がかすかに赤かった。わたしはグラスの中のカシスオレンジを飲み干した。

キクちゃんは頬に落ちた髪を軽く耳にかけると、ちょっと目を伏せた。

「けどね、わたしには野田ちゃんも一度、決壊して空っぽになったように見えてたよ」


店を出た後で、わたしとキクちゃんはこの前のリベンジだと言い合いながら、サイトウさんのいた予備校にむかった。

建物が見えたところでわたしの心拍数はやはり上がって、吐かなかった代わりに腹痛を起こして地面に座り込んだ。

わたしを見下ろしたキクちゃんの背後には大きな満月が浮かんでいた。深く息を吸うと、空気の匂いがかすかに変わっていた。

「やっぱりまだ無理だった」

痛む胃を押さえながら呟くと、キクちゃんは白いマイクロミニのスカートの後

ろポケットからガムを取り出して噛みながら
「野田ちゃん、変だよ」

　と呟いた。

「なにが？」

「野田ちゃんの反応って、好きな人との思い出の場所へ来たっていうよりは、いじめられてる子供が学校へ行けって強制されたときみたいなんだもん」

　泣きたいような笑いたいような、くすぐったいのか痛いのか分からない感覚が喉元まで込み上げてきた。

「野田ちゃんがサイトウさんのことを好きだったのは事実だと思うよ。けど、なんか引っかかるんだよね」

　キクちゃんはわたしの目の前にしゃがんで、顔をのぞき込んだ。

「気持ちが悪いって言われたせいかな」

　彼女は怪訝な表情で眉を寄せた。

「だれに？」

「同じ予備校の子」

わたしは彼女の顔を見上げた。ちぎれた雲が夜空に散らばって、明かりの消えたビルの屋上がぼんやりと月明かりに照らされていた。

「一度だけサイトウさんと歩いてるところを同じ予備校の子に見られたんだよ。神崎さんっていう女の子で、わりと親しかったから、みんなには黙ってるって約束してくれた。ただ」

「気持ち悪いって？」

頷いたら耳の奥まで熱くなってきた。教室の明かりが消えて、非常灯だけが静かに光っている建物を見ながらわたしはため息をついた。

「自分の父親と同じぐらいの年齢の男と付き合ってるなんて気持ち悪いって」

「同じ年齢だって違う人間なんだから関係ないでしょう」

わたしは首を横に振った。

「それ自体はわたしも関係ないって感じたし、いろんな感覚があるから気にしても仕方ないと思ったよ。ただね、神崎さんに言われる前から正直わたしもサイトウさんとの関係が気持ち悪かったんだよ。ぼんやりとそう感じてたところに神崎さんの言葉でトドメを刺されて、自分の中にあった不快感が嫌悪感と結びついて一気にぐちゃぐちゃになっちゃった」

キクちゃんが分かりづらいという顔で首を傾げたので、わたしは言葉を続けた。

「サイトウさんは最後までわたしを抱こうとしなかった。そういうつもりはないって言われて、けど、そばにはいてほしいっていうことも同時に言われた。あの人にとっては最初から恋愛じゃなかったんだよ。

それでも良いと思って我慢している自分がみじめにも思えたし、不毛な状況に酔っているだけのようにも感じた。ものすごく混乱してもいた。

あの人はいつも心のどこかで死を意識していて、一緒にいると飲み込まれそうで怖かった。そこからあの人を引き上げる自信もなかった」

「それならやっぱり野田ちゃんはサイトウさんと一緒にいるべきじゃなかったんだよ。サイトウさんが別れようって言ったのは、このままだと野田ちゃんが一方的にきついだけだって分かってたからでしょう」

「うん。けど、痛い。結局わたしにはなにもできなかった。最初から、あの人に触らないほうが良かったんじゃないかって、ずっとそんな後悔につかまってる」

わたしは深く息を吸った。

「キクちゃん。わたし、どうすればいいんだろう」

「私の胸で泣く?」

思わず見ると、彼女はそのまま勢いよく抱き着いてきた。男の人とぜんぜん違う細い腕だった。皮膚の感触も筋肉のやわらかさもまったく異なっていて、耳元から彼女のつけている香水の匂いが漂ってきた。

「私は自慢じゃないけど、女の子の友達って野田ちゃんだけなんだよ」

キクちゃんが笑いながら言った。

遠い昔に同じことを言った友達がいたことを、わたしはぼんやりと思い出した。

「昨日よりは今日、今日よりは明日(あした)、日々、野田ちゃんは成長して生きてる。それに私もお兄ちゃんもいるし、親だって健在でしょう。だから大丈夫だよ。なにも心配することなんてないよ。それにね、残酷かもしれないけど、野田ちゃんにとってもサイトウさんにとっても、二人の関係はもうすでに終わってるんだよ。それは変えられない事実だよ。痛みは後遺症みたいなもので、時の流れが勝手に癒してくれるはずだよ」

「キクちゃん」

彼女の腕の中で不思議な安心感に包まれながら言った。

「なに？」

「わたしを泣かせるの、雪生さんよりキクちゃんのほうが上手だね」

体を離したキクちゃんは大きな丸い目でわたしの顔をのぞき込んでから、いつもの笑顔でわたしを起こした。

わたしとキクちゃんは立ち上がって、腕時計を見た。それから顔を見合わせて駅までの道をあわてて終電に間に合うために引き返した。

ヒールの高いサンダルのせいでつまずきそうになりながら夜の中を全速力で走った。

かすかに鉄の味が込み上げる喉の奥から荒い息を吐きながら、わたしは予想外に足の速いキクちゃんの背中を追いかけた。

本当はサイトウさんと会わなくなってから一度だけ、彼と電話で話した。

高校の卒業式を終えた後、お世話になった講師の先生たちにお礼を言うため、彼と顔を合わせそうな時間帯は避けて予備校へむかった。

古典を担当してもらっていた種田先生とひとしきり近況を報告しあうと、彼女がちょっと外へ出て話がしたいと言った。

わたしたちはようやく暖かくなり始めた夕暮れの中を歩いて、近くの喫茶店に入った。

向かい合った彼女は、わたしのレモンティーと自分のブレンドコーヒーを頼んだ後で、水を一口含んでから、斎藤先生となにかあったのかと切り出した。

「野田さん、後半は斎藤先生の授業だけ全然出なかったでしょう。みんな内心、あれで大丈夫なのかって心配してたんだよ」

わたしが返事に詰まって下をむくと、種田先生はおしぼりを広げて丁寧に自分の指を一本一本拭きながら続けた。左手の薬指には細い銀色の指輪が光っていた。病院の風景が一瞬だけ鮮明に思い起こされた。

「私、この前、斎藤先生と飲みに行ったときに聞いちゃったんだよね」

「なにをですか？」

思わず動揺して顔をあげると、彼女はおしぼりをテーブルの上に置いた。それから短い髪をかき上げた。

「野田さんはどうしたのかって。まあ、いろいろ濁してはいたけどね。話したくないことを無理に訊くつもりはなかったけど、親御さんからお金をもらってる以上はこっちもさ。私には詳しいことは分からないからこう言ってはなんだけど、だいたい斎藤先生だっていい齢なんだから、あなたとあんなふうに受験の直前で関係がおかしくなるなんて大問題でしょう。あなたがもしも受かってなかったら、と思うとね」

わたしは彼女の顔と指輪を交互に見てから、相槌を打った。そんなに簡単なことを自分で自覚する前に諭されてしまったことがとても恥ずかしかった。

「それで」

「はい？」

「彼はなんて言っていたんですか」

「正確な言葉じゃないかもしれないけど、傷つけてるのが分かったから、これ以上、傷つけちゃいけないと思ったって」

「そうですか」

「あと……これは言わないほうが良いかもしれないけど」

「はい」

「自分ではそうしたつもりだったけど、ケジメをつけたのか突き放しただけなのか今でもよく分からない、とも言ってた」

わたしが沈黙していると、彼女は、そんな顔をするぐらいなら受験も終わったことだし二人で落ち着いて話してみたら、と少し柔らかい声で言った。

たとえ第三者であっても、種田先生の口からそんな言葉が出ると、現実を一瞬だけ楽観的に見ることができた。今だったら話せるかもしれないと本気で考えた。

その夜にわたしは母がお風呂に入ったのを見計らって、部屋のベランダからサイトウさんに電話をかけた。

暗闇の中ですっかり暗記してしまった番号を押す。樹木の隙間から小さな星がたくさん見えた。呼び出し音を聞いた瞬間に携帯を持つ手がふるえていた。彼は想像していたよりもずっと普通に電話に出た。

「おひさしぶりです」

全速力で走り切った後みたいな声でそう告げると、彼は笑って同じ言葉を返した。

大学に合格したことに対してのおめでとうを言われ、それから少しだけ世間話をしていると時間が戻るような気がした。

会いたい、という一言を口に出してしまったとき、つかの間、沈黙があってからサイトウさんは
「ごめん。それはできないよ」

なんのためらいもなく、そう言った。

「どうしてですか」

食い下がるところではないと分かっていたのに聞かずにはいられなかった。彼は少し黙った後で
「もう君のことをそういうふうには思っていないんだよ。大勢いる生徒の中の一人なんだよ」

かすかに涼しい風が耳元を掠めた。樹木の葉が鳴る。体の力が抜けていった。

分かりました、とわたしはなんとか声を押し出した。

「ごめんなさい。物分かりが悪くて」

「いや、こちらこそごめん」

夜空を仰いだ。胸の奥から崩れた感情がこぼれていく。気まずさすら残さなかった。

「今、仕事の帰りですか?」

そうだと彼は答えた。

「ちょうどさっき大きな公園の横を通っていて、夜桜が咲いてるから少しながめ

てたところだった」

　まぶたの裏に揺れる桜の枝が浮かんだ。一緒に桜を見上げているような錯覚におそわれた。真っ白な花嵐が過ぎていく。

「またいつか、予備校のほうに遊びに行きます」

　そう告げると彼はいつもの声で笑って、いつでも来なさい、と返した。

　電話を切ってベランダに寄りかかった。もう彼の本心がどうであろうと、たった今、口に出したことがすべてだと分かっていた。

　住宅街の屋根と団地のシルエットが浮かび上がった夜の果てをじっと見つめた。嗚咽すら漏れずにゆっくりと涙は流れた。

　生まれて初めて泣くことはなんの役にも立たないと心の底から感じた。

　わたしの触れたあの人はどこにもいないのだと悟った。

　ふたたび雪生さんの部屋を訪れたとき、彼は少し驚いたような顔でドアを開けた。

彼の仕事が終わるのは毎日五時だと知っていたが、念のために駐車場に車があることを確認してからインターホンを押した。

「もう来ないかと思った」

「そんなことはないですよ」

彼の部屋は雑誌やシャツが少し散らかっていた。流しには使った後のコーヒーカップとフライパンが置かれている。わたしが部屋に上がると彼はすぐにお湯を沸かした。

前に中華街へ行ったときに買っていたジャスミン茶を入れてもらい、少し口にしてから息を吐くと、雪生さんはテーブルを挟んで正面に腰をおろした。

わたしが顔をあげて
「もう一度、本当の子供のころの話をしてもらっても良いですか？」

と頼んだら、彼は少しだけ迷った様子を見せた。

「あんまり気持ちが良い話じゃないかもしれないよ」

「かまわないですよ」

答えると、雪生さんは頷（うなず）いた。彼は軽くお茶をすすってから、ゆっくりお母さんのことを語り始めた。

わたしはときどき混ぜる相槌以外は、音楽を聴くように黙って耳を傾けていた。彼の話は長くて間断なく、好きと嫌いを決めかねて未（いま）だ境界線の上で立ち尽くしている喋（しゃべ）り方だった。

ようやく話が途切れたとき、ほっとしたように左手で自分の顔を撫（な）でた雪生さんに
「ありがとうございました」

そう言ったら、彼はまだ少し戸惑っているような表情をしていた。

「本当のことが聞きたかったんです」

わたしの言葉に、雪生さんは曖昧（あいまい）に頷いた。

立ち上がって帰るしたくをしていると、雪生さんが部屋の明かりを消して、途中まで送っていくと言った。

マンションの階段をおりると、だいぶ空気がひんやりしていた。どこかで虫が

絶え間なく鳴いている。

サイトウさんのことを思い出しているのかと訊かれたので、わたしは、そんなことはないと首を横に振った。

「あの人と親しくなったのは、もう少し寒い時期でしたし」

この適度に涼しい空気の中で思い出そうとすると、サイトウさんとすごした冬の夜は、記憶というよりも映画館のスクリーンで見た映像のようだった。

一緒にいたことではなく、感情ではなく、あの冬の感じが上手く思い出せなかった。帰り道で話し込んでいると靴の中の指先がいつも痛かったことや、体が小刻みにふるえていたことや葉の落ちた直線的な枝が影を落とした夜。

当然だが、Tシャツを擦り抜ける風を心地好く感じる今はまだ、あの寒さが実感としてよみがえってこない。そのことになによりも時の流れを感じた。

感傷に浸っていると思ったのか、雪生さんは横目でうかがうようにわたしを見ていた。マンションを出て、大きなビルの谷間の路地を通って駅へむかった。

となりを歩く雪生さんを見上げて、言った。

「この前もキクちゃんに言われたんですけど、本当に終わったんだなって、良くも悪くも過去の出来事になったんだなあって考えてたんです」

「どんなことを思い出してたのか、聞いてもいいかな」

電柱に張られた英会話教室のポスターが風に吹かれて今にもはがれそうだ。小さな居酒屋に灯った、たくさんの明かりがにぎやかだった。

「予備校の帰りに変な男の人につけられたことがあって、まっすぐに家に帰るわけにもいかずに電車を途中下車して、駅前のコンビニから電話をしたら迎えに来てくれたんです。その後もしばらく、心配だからって授業が終わった後にはかならず家の近くまで送ってくれて。

子供のころ、遊んだり遠出して帰りが遅くなると、友達は普通に車で親に迎えに来てもらったりしてたけど、うちは共働きで二人とも忙しかったから、だれかに迎えに来てもらうっていう発想がなかったんですね。だから、事情を説明してすぐにあの人が来てくれたとき、すごく新鮮だったんです」

雪生さんは相槌を打ちながら、煙草の自販機の前で立ち止まった。ズボンの後ろポケットからサイフを取り出してセブンスターを買った。それからとなりの自販機に小銭を入れて、好きなボタンを押すように促した。わたしは恐縮しながらレモンティーを買ってもらい、歩きながら飲んだ。

雪生さんが

「そういえば、野田さんは吸わないのに煙草のケムリはけっこう平気だったね」

と呟いたので

「前は苦手でしたよ。サイトウさんがよく吸ってたから平気になったんです」

そう言ってから、自分の言葉に思わず眉を寄せてしまうと雪生さんは笑った。

「一緒にいたら影響されるのは当然だよ。抵抗しなくて良いんだよ」

そうですね、と相槌を打ちながら、街路樹の葉と葉の間でひっそりと輝いている月を見上げた。路上のゴミ捨て場を一匹の大きなアゲハ蝶が飛びまわっていた。放置されて穴の開いたゴミ袋のまわりを、黒と黄色の羽根を広げて揺れている。

騒々しい駅前に出てから、雪生さんにお礼を言った。

「キクちゃんはすごく雪生さんのことが好きですよ。たぶん夏生君もお父さんも。

だから一枚隔ててるなんて言わないでください」

「うん。そうだね」

彼は頷いた。

「ありがとう」

わたしは首を横に振って改札の中へ入った。振り返ると、交差点にむかって歩いていく彼の後ろ姿が見えた。口の中に飲み終えたばかりのレモンティーの香りがまだ強く残っていた。


バイト先のドアを開けると、渋い顔をした谷口さんがレジに立っていた。

「おつかれさまです」

彼はそっと店の奥を指をさした。店長が青年マンガの棚をながめていた。わたしが苦笑いすると、彼はエプロンを外して奥のロッカールームに消えていった。

「もう具合は大丈夫なんですか？」

レジに戻ってきた店長に話しかけると、彼は深いため息をついて首を横に振った。

「医者は大丈夫だって言うんだけど、やっぱりまだ調子が悪いんだよね。けど、あんまり休んでるとここの業務に響くからさ。谷口君にも迷惑かけちゃったし」

まさか谷口さんは店長の座をねらっていましたなどと言えずに適当に相槌を打っていたら、ドアが開いて夏生君といつもの制服の友達が入ってきた。

「いらっしゃいませ」

どうも、とあいかわらず無表情で会釈をした彼が、ビデオで笑顔を浮かべていたことを思い出して吹き出しそうになるのを堪えた。

「ビデオ見たよ。やっぱり良い声だった。これからどんどん上手くなるよ」

そう告げたら、夏生君はうつむいて黙り込んでしまった。となりの友達が不思議そうにわたしたちの顔を交互に見た。どう考えても自分は無関係だと分かるだろうに
「野田さん、ビデオってなに？」

口を挟んだ店長を、夏生君は一瞥(いちべつ)してから
「最後の曲ってどうでしたか？」

はっきりした声で訊いた。

「そういえばあれだけは知らない曲だったな。サビはちょっとどこかで聴いたような印象だったけど、Ａメロは良かったよ。とくに出だしとか、懐かしい感じがして」

「あれは俺が作った曲なんです」

そう言って顔をあげた夏生君は強い目をしていた。自信はないけれど意志だけは強い、そういう目だった。

「夏生君たちの兄弟って、あんまり似てないようで、良いところは共通して受け継がれてる気がする」

思わず告げると、彼は少し不服そうに、そうですか、と呟いた。

「まあ、酔うと親父の同じ口癖をずっと聞かされてたんで。努力は自分の好きなことにだけ使えとか、なんでもあせったら負けだとか。死ぬ間際に、嫌だったこ

とやつらいことなんか、なに一つ思い出せないように生きろとか」

「あのお父さんの言いそうな台詞(せりふ)だね」

わたしが笑うと、夏生君は仏頂面のまま頭を掻(か)いて
「どうせ若いころに見た青春映画かなにかの受け売りですよ」

素っ気なく返してから伝票を受け取った。

わたしは店長に留守だった間の出来事を伝えてから、うっすら覚えていたメロディーをためしに口ずさんでみた。


夏休みが終わって再開した大学には一瞬だけ懐かしさを覚えたが、大勢の学生たちに紛れていたら、すぐに現実に引き戻された。

中庭を歩いていると秋の風が腕に絡まっては擦り抜けていく。乾いた空気を吸い込みながら授業へいそいだ。

ひさしぶりに顔を合わせた友達は思っていたほど日には焼けておらず、休みの

前と同じ様子で授業を受けていた。

第二外国語の教室で帰省のお土産を渡してくれた加世ちゃんに、借りていた部屋のお礼を言うと
「こっちこそ迷惑かけたみたいで」

あの人はどうしたのかと尋ねたら、自分が戻ってから一度だけ話し合って以来、アパートに通い詰めることはやめたという。

「そのときに言った言葉がよほど徹えたみたいだよ」

わたしは、加世ちゃんの顔とお土産のあぶらとり紙を交互に見てから、彼女がなにを言ったかは聞かないでおくことにした。

それから週末にラグビーの試合があるから見に来ないかと誘われた。今はラグビー部の男の子と付き合っているという。

わたしはその日の夜に、雪生さんに電話をかけた。

「もし今週末が空いてたら、一緒にラグビーを見に行きませんか？」

彼はおそらく大丈夫だと答えた。それから少し間があって

「野田さんのほうから誘ってくるなんて初めてだね」

と彼はしみじみとした口調で呟いた。わたしは恥ずかしくなって、適当に言葉を濁して電話を切った。


当日は自宅の近くの駅で待ち合わせをした。

車の助手席のドアが開いたので乗り込んだ後、なんとなくお互いに無言になった。

彼はオアシスのＣＤをかけて、わたしは少しだけ窓を開けた。

「あれから色々と考えたんだけど」

そう切り出され、わたしは彼のほうを見た。

「待とうかと思うんだ」

「なにを？」

「君がいろんなことに対して感情の整理がつくまで」

「どれくらいかかるか分からないですよ」

「たぶんね」

雪生さんは落ち着いた顔でそう言ってから、静かにブレーキを踏んだ。

「お母さんのこと、好きでしたか？」

「うん。ただ、本当に感情の起伏が激しくて、すごく優しくしてくれるときもあれば、おなかが空いたって言っただけで怒鳴られたり泣き出したりすることもあった。今から思えば真面目すぎる人だったんだと思うよ。完全主義で少し潔癖なところがあって、料理の味が少しでも上手くいかないと、すぐにごみ箱に捨てたりね」

「けど、雪生さんは、お母さんと関わった時間の少ないキクちゃんや夏生君のことをうらやましいって言ってたけど、本当は家族中が大変な思いをしてもお母さんと一緒にいたかったって思ってるんじゃないですか？」

雪生さんは少し困ったように笑うと、なにも言わずに車を発進させた。

競技場は立ち眩みがするほど広くて、空が抜けるように高かった。

客席で同い年ぐらいの子たちの騒ぐ声がさざ波のように響いている。わたしは少し離れたところからこちらに手を振った加世ちゃんに手を振り返して、雪生さんと一緒に大学の応援席に座った。

グラウンドや階段のいたるところで光が乱反射している。

わたしは額にかいた汗を拭った。雪生さんが冷たいジュースを買ってきてくれた。

「どっちが勝つだろうね」

「どうでしょうね」

「自分の大学に勝ってほしい？」

あまり闘争心のないわたしの返事に気付いたのか、雪生さんがからかうように訊いた。

「そりゃあ、まあ、そうですよ」

「じゃあもし相手の大学が勝ったら、来年の夏には僕とタイのプーケットに行こう」

目を細めて彼を見ると、その背後には透明な空が広がっていた。試合の開始時間が近づくにつれて、雑然とした客席の空気がじょじょに煮詰まっていく。さっきは待つなんて言ってたのに。そう思いながら少しだけ動揺している自分に気付いた。

「いいですよ」

「本当に？」

「その代わり、わたしの大学が勝ったら、もうだれにも嘘はつかないって約束してください」

分かった、と雪生さんはくっきりした声で言った。わたしたちは前をむいた。

並んだ選手の体格がみんな驚くほどしっかりしていることに感心しながら、ジュースの缶を握りしめた。

次第に音量の上がる声援に包まれていく。少しずつ速くなっていく鼓動を感じた。

試合開始の合図と共に、わたしたちは少しだけ身を前に乗り出した。

あとがき

初期の作品群の中でも、特別な感情を抱いているのが、この『生まれる森』という小説です。

〆切(しめきり)直前の真夏の午後に、1Kの部屋の真ん中で、書いては汗だくになってあおむけに倒れていたことが、今もくっきりと蘇(よみがえ)ります。あれほど時間がなく、苦しい執筆はなかったです。

だからなのか、主人公の回復を書きながらも、きっちりとは昇華されていなかった生身の感情が時折、唐突に立ち上がってくるのが、この小説らしさではないかと思います。

当時、聴いて強烈に印象に残っている斉藤和義(さいとうかずよし)さんの『蟬』という曲の歌詞を、一部、引用したいと思います。

今日も朝から蒸し暑く　寝汗をかいている
窓に張りついた蟬が鳴く　命もからがらに
彼女の姿が見えないが　別に気にも止めず
何かが飲みたいと思うけど　それすら分からない

また、この『生まれる森』は女の子同士の友情を初めて書いた小説でもありました。

異性だけには拾いきれないものを、キクちゃんはとてもさりげなく軽やかに救っていたのだな、と読み返して実感しました。

様々な恋愛の報われなさと、そこからまた新しく生まれる人と人とのめぐりあわせと。

森から出ることを目指した小説ですが、その最中だからこそ見える繊細なものたちに気付いてもらえたら嬉しいです。

２０１８年　６月10日　島本理生

解説

高橋弘希

「生まれる森」は二〇〇三年の夏、島本理生が大学在学中に執筆された。二〇〇三年の夏といえば私もまた大学生で、そして初めて小説に深く触れた時期でもあった。この夏、私は杉林の中にある大学図書館で、戸外から響いてくる蟬の鳴き声を聞きながら、せっせと本を読んでいた。閉館時間になると、夕暮れの杉木立の舗道を歩き、大学キャンパスを横断して帰る。当時はまだiPhoneもなかったので、MDウォークマンで音楽を聴きながら歩いた。それは例えば、オアシスであったり、レディオヘッドであったり、ウィーザーであったり、リンキン・パークであったりした。

〝受験の後もしばらく休んでいたわたしがひさしぶりに登校すると、誰もいない教室で、キクちゃんがMDウォークマンを聴いていた〟〝彼はオアシスのCDをかけて、わたしは少しだけ窓を開けた〟こうした記述を懐かしくも思う。そして私が大学図書館でせっせと本を読んでいたとき、彼女は自宅に籠もってせっせと本作を執筆していたらしい。この翌年の夏期休暇中も、私はやはり蟬の鳴き声を聞きながら大学図書館で本を読んでいたが、そのうちの一冊の解説依頼がこれより十余年の後にくるとは、不思議な心地である。

そんなわけで、私にとって「生まれる森」は十余年ぶりの再読になった。おそらく作者も、久しぶりの再読になったのではないだろうか。過去に書いた自分の作品を読むというのは、なかなかスリリングな作業だが、当の私もひやひやしながらの再読になった。子供の頃に読んだ本を大人になってから読むと、死骸のように映ることも、なくはない。再読に至り、私は本書から〇年代の文脈を感じた。八〇年代に生まれて九〇年代に少年少女期を過ごし、〇年代に大人になった世代の持つ共通感覚、あるいは同時代性と言ってもいい。この時代、退廃的な作品が多く生み出されていた。九〇年代後半から、退廃は一種のトレンドだった。本作は〇年代の文脈で書かれてはいるが、しかし退廃を描いた作品ではない。題名こそ〝生まれる森〟とやや不吉だが、むしろ純粋な恋愛小説、あるいは青春小説の側面を持っている。

ある時代が終わった後に、当時を想起して執筆した類(たぐ)いの小説は多くある。名作も多い。〝十七歳の夏〟でも〝少年時代〟でも〝ライ麦〟でも良い。が、本作では書き手も主人公と同じ大学生であるゆえに、内側から内側を描いていく作業になる。ノンフィクションならいいが、小説ならば困難な作業だ。内側に棲(す)む人間が内側と距離を保つことはできない。本作においても、書き手は作品世界との距離に戸惑う。書き手はその戸惑いを、そのままの形で提示する道を選ぶ。スケッチブックにざくざくと鉛筆で素描する書き方を選ぶ。

本作の登場人物は各々が喪失を抱えている。主人公はサイトウの喪失、サイトウは妻の喪失、雪生(ゆきお)は母の喪失。そして加世(かよ)の元彼も、ちょっとした喪失を抱えている。こうした喪失から、抜けだそうとしたり、抜けだせなかったり、抜けだすことを諦(あきら)めたり、そうした登場人物達が描かれる。彼らの喪失体験は〝森〟と記述される。〝流れていく時間も移り変わっていく季節も、たしかに見えているのに感じることができない、なんだかガラスごしにながめている風景のような気がしていた〟森の中の主人公の少女の感情は、ここから出発する。

〝家族というよりは家そのものに執着のある子供だった〟主人公が、家を出て、夏休みの間、大学の友人の加世のアパートへと移り住む。小田急線の経堂駅から歩いて十五分の場所にある、窓から小学校の校庭とお墓が見えるアパートだ。七月の終わり、高校の友人のキクからキャンプに誘われる。このキャンプで、キクの兄である雪生と出会う。

〝「赤い光には催淫効果があるっていうから、気分が落ち着くかと思って」

その一言にあっけに取られていたら、雪生さんは煙草を引っ込めた後、わたしの背中に手を伸ばして、ゆっくりと動かした。ワンピースごしに伝わってくる体温が温かかった。彼はそのまましばらく背中をさすっていてくれた。〟

主人公はこの場面で、おそらく雪生に好意を抱いているが、未だ森の中にいる彼女は、自分の感情に気づけない。ガラスごしに眺め、ガラスごしに体感している。本を貸して貰(もら)ったり、ベトナム料理店で食事をしたり、渓谷へ出かけたりと、二人は親しくなっていく。あるいは主人公は、雪生が森を抱えているからこそ、彼に惹(ひ)かれたのかもしれない。森を抱えたサイトウに惹かれたのと同じように。

〝「どうしてだかは分かりません。けど、とにかくわたしはあの人が怖かった。好きになればなるほど、あの人も自分も信用できなくなって。どんどん不安定になりました」〟

予備校講師のサイトウは、主人公の恋人でもあり先生でもあり父親でもある。抱き合ったり、一緒に入浴したり、一晩を一緒に過ごすこともあるが、肉体的な繋(つな)がりを持つことはない。サイトウにとって、主人公は恋人であり生徒であり娘でもある。あるいは母親を感じていた可能性もある。

〝きっと奥のほうに抱えた強い不安が一番身近な人間の心を容赦なく揺さぶるからだ。そばにいると苦しくてたまらないのに、離れようとすると大事なものを置き去りにしているような気持ちになった。〟

サイトウがどのように育ったかは、作中では語られないが、〝自分の両親はあまり良い親ではなかったという話をしてくれた〟という記述から、恐らくは幼年期に問題を抱えていたことが覗える。主人公は彼を〝ブリキの太鼓〟の主人公だと思う。自分で自分の成長を止めてしまい、成長することも、回復することもできずに、森の中で十年も二十年も過ごすことを余儀なくされた人。

〝水を吸い込んだ真綿のようにサイトウさんはいろんな不安を抱えすぎていて、強く触れるたびに混乱があふれ出す。彼を少しでも救うことができれば、一丁前にそんなことを思ったりもしたけれど、ひかれればひかれるほど、深みに足を取られていく自分を感じた。〟

〝どんなに明るいほうに戻ろうと手を引いても、気がつくと一緒に深い森の中に戻っている、抜け出す努力を放棄したまま大人になってしまったこの人と十年も二十年も一緒にいるなんて冗談じゃないと、そんなふうに心の一番深いところでは、思っていたのかもしれない。〟

こうした大人を、十八歳の女の子が救い出すには荷が重すぎる。事実、主人公はサイトウとの関係に疲弊し、混乱し、次第に自分を見失い、気づけば深い森の中で迷子になっている。サイトウと雪生は対の関係になっており、サイトウの妻との離別と、雪生の母の死も対になっている。離別や死をきっかけに生まれた森ではあるが、しかし森を形成する樹木は、幼少期から少しずつ育まれていたようにも読める。それは主人公も同じだ。〝森〟とは何だろう。成長することを阻害する要素、あるいは死への連帯とも取れる。主人公はサイトウの喪失をきっかけに、生まれた森、あるいは生まれていた森の中で、迷子になっている自分に気づく。

森の只中から始まった物語は、森の出口で終わる。ラストの鮮やかな、ラグビーの試合の場面だ。〝競技場は立ち眩みがするほど広くて、空が抜けるように高かった。〟〝目を細めて彼を見ると、その背後には透明な空が広がっていた。〟しかし主人公と雪生の未来は未だ約束されていない。それこそ未だ樹木の影の届く位置から、眺めた光景かもしれない。それでも主人公のガラスごしの感情は回復しつつある。〝少しだけ動揺している自分に気付いた〟〝少しずつ速くなっていく鼓動を感じた〟二人の未来は、ラグビーの試合の結果に委ねられる。〝試合開始の合図と共に、わたしたちは少しだけ身を前に乗り出した。〟という記述で、物語は終わる。

再読に至り、この作品の魅力は無垢性にあると感じた。本作で主人公の十八歳の少女は、本気で恋をし、その相手を永久に喪い、深い傷を負う。その一連の感情を素描で語る。書き手も語り手と同じくらいに、無垢であり、幼く、だからこそ危い。〝「君はたぶん、自分で思っているよりも、まわりが思っているよりも、ずっと危ういんだと思う」〟これは殆ど、雪生から作者へ向けられた言葉にも思える。剝き出しの〝無垢〟を魅力と捉えるか、書き手の〝小説上の幼さ〟と捉えるかは、読み手次第であろう。

最後に特に惹かれた場面を挙げる。物語終盤、サイトウと電話越しに最後の会話をしたエピソードが綴られる。〝ちょうどさっき大きな公園の横を通っていて、夜桜が咲いているから少しながめてたところだった〟この後、主人公はサイトウが見た夜の桜を想像し、その光景を共有する。夜の桜というのは、〝森〟と近しいものに違いないが、この場面に不穏な雰囲気はなく、むしろある種の解放がある。〃昨日よりは今日、今日よりは明日、日々、野田ちゃんは成長して生きてる。〃森の中での困難な体験は、主人公の成長でもあり、あるいはサイトウの成長であったのかもしれない。

さて、本書は二度目の文庫化である。今回の文庫化を機に、初めて本書を手に取る読者も多いだろう。〇年代前半から現在に至るまで、時代の文脈はそれほど変わっていない、と私は勝手に思っている。当時の若い世代、つまり夏期休暇中に大学図書館で本書を手にしていた私が、するすると作品世界に立ち入り、ある種の共感を持ったように、現在の若年層の読者も違和感なく本書の世界に入れるだろう。そして本作の本質が〃無垢性〃や〃成長〃にあるのならば、若い世代にこそ読まれるべきであろう。

本書は二〇〇七年五月、講談社文庫より刊行されました。

生まれる森

島本理生

平成30年 7月25日　初版発行
令和6年 9月20日　8版発行

発行者●山下直久

発行●株式会社KADOKAWA
〒102-8177　東京都千代田区富士見2-13-3
電話　0570-002-301（ナビダイヤル）

角川文庫 21035

印刷所●株式会社KADOKAWA
製本所●株式会社KADOKAWA

表紙画●和田三造

ISBN978-4-04-106751-2　C0193

JASRAC 出 1806308-408

◆◇◇

角川文庫発刊に際して

角川源義

第二次世界大戦の敗北は、軍事力の敗北であった以上に、私たちの若い文化力の敗退であった。私たちの文化が戦争に対して如何に無力であり、単なるあだ花に過ぎなかったかを、私たちは身を以て体験し痛感した。西洋近代文化の摂取にとって、明治以後八十年の歳月は決して短かすぎたとは言えない。にもかかわらず、近代文化の伝統を確立し、自由な批判と柔軟な良識に富む文化層として自らを形成することに私たちは失敗して来た。そしてこれは、各層への文化の普及滲透を任務とする出版人の責任でもあった。

一九四五年以来、私たちは再び振出しに戻り、第一歩から踏み出すことを余儀なくされた。これは大きな不幸ではあるが、反面、これまでの混沌・未熟・歪曲の中にあった我が国の文化に秩序と確たる基礎を齎らすためには絶好の機会でもある。角川書店は、このような祖国の文化的危機にあたり、微力をも顧みず再建の礎石たるべき抱負と決意とをもって出発したが、ここに創立以来の念願を果すべく角川文庫を発刊する。これまで刊行されたあらゆる全集叢書文庫類の長所と短所とを検討し、古今東西の不朽の典籍を、良心的編集のもとに、廉価に、そして書架にふさわしい美本として、多くのひとびとに提供しようとする。しかし私たちは徒らに百科全書的な知識のジレッタントを作ることを目的とせず、あくまで祖国の文化に秩序と再建への道を示し、この文庫を角川書店の栄ある事業として、今後永久に継続発展せしめ、学芸と教養との殿堂として大成せんことを期したい。多くの読書子の愛情ある忠言と支持とによって、この希望と抱負とを完遂せしめられんことを願う。

一九四九年五月三日

角川文庫ベストセラー

ナラタージュ　島本理生お願いだから、私を壊して。ごまかすこともそらすこともできない、鮮烈な痛みに満ちた20歳の恋。もうこの恋から逃れることはできない。早熟の天才作家、若き日の絶唱というべき恋愛文学の最高作。

一千一秒の日々　島本理生仲良しのまま破局してしまった真琴と哲、メタボな針谷にちょっかいを出す美少女の一紗、誰にも言えない思いを抱きしめる瑛子――。不器用な彼らの、愛おしいラブストーリー集。

クローバー　島本理生強引で女子力全開の華子と人生流され気味の理系男子・冬治。双子の前にめげない求愛者と微妙にズレてる才女が現れた！　でこぼこ4人の賑やかな恋と日常。キュートで切ない青春恋愛小説。

波打ち際の蛍　島本理生DVで心の傷を負い、カウンセリングに通っていた麻由は、蛍に出逢い心惹かれていく。彼を想う気持ちと不安。相反する気持ちを抱えながら、麻由は痛みを越えて足を踏み出す。切実な祈りと光に満ちた恋愛小説。

B級恋愛グルメのすすめ　島本理生自身や周囲の驚きの恋愛エピソード、思わず頷く男女間のギャップ考察、ラーメンや日本酒への愛、同じ相手との再婚式レポート……出産時のエピソードを文庫書き下ろし。解説は、夫の小説家・佐藤友哉。

角川文庫ベストセラー

アンジェリーナ
佐野元春と10の短編
小川洋子

時が過ぎようと、いつも聞こえ続ける歌がある――。佐野元春の代表曲にのせて、小川洋子がひとすじの思いを胸に心の震えを奏でる。物語の精霊たちの歌声が聞こえてくるような繊細で無垢で愛しい恋物語全十篇。

妖精が舞い下りる夜
小川洋子

人が生まれながらに持つ純粋な哀しみ、生きることそのものの哀しみを心の奥から引き出すことが小説の役割ではないだろうか。書きたいと強く願った少女は成長し作家となって、自らの原点を明らかにしていく。

アンネ・フランクの記憶
小川洋子

十代のはじめ『アンネの日記』に心ゆさぶられ、作家への道を志した小川洋子が、アンネの心の内側にふれ、極限におかれた人間の葛藤、尊厳、信頼、愛の形を浮き彫りにした感動のノンフィクション。

刺繍する少女
小川洋子

寄生虫図鑑を前に、捨てたドレスの中に、ホスピスの一室に、もう一人の私が立っている――。記憶の奥深くにささった小さな棘から始まる、震えるほどに美しい愛の物語。

偶然の祝福
小川洋子

見覚えのない弟にとりつかれてしまう女性作家、夫への不信がぬぐえない妻と幼子、失踪者についつい引き込まれていく私……心に小さな空洞を抱える私たちの、愛と再生の物語。

角川文庫ベストセラー

夜明けの縁をさ迷う人々　小川洋子

静かで硬質な筆致のなかに、冴え冴えとした官能性やフェティシズム、そして深い喪失感がただよう——。小川洋子の粋がつまった粒ぞろいの佳品を収録する極上のナイン・ストーリーズ！

愛がなんだ　角田光代

OLのテルコはマモちゃんにベタ惚れだ。彼から電話があれば仕事中に長電話、デートとなれば即退社。全てがマモちゃん最優先で会社もクビ寸前。濃密な筆致で綴られる、全力疾走片思い小説。

いつも旅のなか　角田光代

ロシアの国境で居丈高な巨人職員に怒鳴られながら激しい尿意に耐え、キューバでは命そのもののように人々にしみこんだ音楽とリズムに驚く。五感と思考をフル活動させ、世界中を歩き回る旅の記録。

恋をしよう。夢をみよう。旅にでよう。　角田光代

「褒め男」にくらっときたことありますか？　褒め方に下心がなく、しかし自分は特別だと錯覚させる。ついに遭遇した褒め男の言葉に私は……ゆるゆると語り合っているうちに元気になれる、傑作エッセイ集。

薄闇シルエット　角田光代

「結婚してやる」と恋人に得意げに言われ、ハナは反発する。結婚を「幸せ」と信じにくいが、自分なりの何かも見つからず、もう37歳。そんな自分に苛立ち、戸惑うが……ひたむきに生きる女性の心情を描く。

角川文庫ベストセラー

角川文庫ベストセラー

青山娼館　小池真理子

東京・青山にある高級娼婦の館「マダム・アナイス」。そこは、愛と性に疲れた男女がもう一度、生き直す聖地でもあった。愛娘と親友を次々と亡くした奈月は、絶望の淵で娼婦になろうと決意する――。

二重生活　小池真理子

大学院生の珠は、ある思いつきから近所に住む男性・石坂を尾行、不倫現場を目撃する。他人の秘密に魅了された珠は観察を繰り返すが、尾行は珠と恋人との関係にも影響を及ぼしてゆく。蠱惑のサスペンス！

からまる　千早　茜

生きる目的を見出せない公務員の男、不慮の妊娠に悩む女子短大生、そして、クラスで問題を起こした少年……。注目の島清恋愛文学賞作家が〝いま〟を生きる7人の男女を美しく艶やかに描いた、7つの連作集。

眠りの庭　千早　茜

白い肌、長い髪、そして細い身体。彼女に関わる男たちは、みないつのまにか魅了されていく。そしてやがて明らかになる彼女に隠された真実。2つの物語がひとつにつながったとき、衝撃の真実が浮かび上がる。

パイナップルの彼方　山本文緒

堅い会社勤めでひとり暮らし、居心地のいい生活を送っていた深文。凪いだ空気が、一人の新人女性の登場でゆっくりと波を立て始めた。深文の思いはハワイに暮らす月子のもとへと飛ぶが。心に染み通る長編小説。

角川文庫ベストセラー

ブルーもしくはブルー　山本文緒

派手で男性経験豊富な蒼子A、地味な蒼子B。互いにそっくりな二人はある日、入れ替わることを決意した。誰もが夢見る〈もうひとつの人生〉の苦悩と歓びを描いた切なくいとしいファンタジー。

きっと君は泣く　山本文緒

美しく生まれた女は怖いものなし、何でも思い通りのはずだった。しかし祖母はボケ、父は倒産、職場でも心の歯車が嚙み合わなくなっていく。美人も泣きをみることに気づいた椿。本当に美しい心は何かを問う。

ブラック・ティー　山本文緒

結婚して子どももいるはずだった。皆と同じように生きてきたつもりだった、なのにどこで歯車が狂ったのか。賢くもなく善良でもない、心に問題を抱えた寂しがりたちが、懸命に生きるさまを綴った短篇集。

絶対泣かない　山本文緒

あなたの夢はなんですか。仕事に満足してますか、誇りを持っていますか？　専業主婦から看護婦、秘書、エステティシャン。自立と夢を追い求める15の職業の女たちの心の闘いを描いた、元気の出る小説集。

みんないってしまう　山本文緒

恋人が出て行く、母が亡くなる。永久に続くかと思ったものは、みんな過去になった。物事はどんどん流れていく――数々の喪失を越え、人が本当の自分と出会う瞬間を鮮やかにすくいとった珠玉の短篇集。

角川文庫ベストセラー

群青の夜の羽毛布　山本文緒

ひっそり暮らす不思議な女性に惹かれる大学生の鉄男。しかし次第に、他人とうまくつきあえない不安定な彼女に、疑問を募らせていき――。家族、そして母娘の関係に潜む闇を描いた傑作長篇小説。

落花流水　山本文緒

早く大人になりたい。一人ぼっちでも平気な大人になって、自由を手に入れる。そして新しい家族をつくる、勝手な大人に翻弄されたりせずに。若い母を姉と思って育った手毬の、60年にわたる家族と愛を描く。

なぎさ　山本文緒

故郷を飛び出し、静かに暮らす同窓生夫婦。夫は毎日妻の弁当を食べ、出社せず釣り三昧。行動を共にする後輩は、勤め先がブラック企業だと気づいていた。家事だけが取り柄の妻は、妹に誘われカフェを始めるが。

カウントダウン　山本文緒

岡花小春16歳。梅太郎とコンビでお笑いコンテストに挑戦したけれど、高飛車な美少女にけなされ散々な結果に。彼女は大手芸能プロ社長の娘だった！　お笑いの世界を目指す高校生の奮闘を描く青春小説！

結婚願望　山本文緒

せっぱ詰まってはいない。今すぐ誰かと結婚したいとは思わない。でも、人は人を好きになると「結婚したい」と願う。心の奥底に巣くう「結婚」をまっすぐに見つめたビタースウィートなエッセイ集。